JING DIAN GU SHI 100 PIAN

经典故事100篇

上

吉林科学技术出版社

前言

《经典故事 100 篇》精选了世界各国优美童话，这里有童话大师安徒生、格林、豪夫的经典著作，还有许多耳熟能详的动人故事。

《经典故事 100 篇》里，不仅有英俊的王子，美丽的公主，还有怪脾气的国王，淘气的小男孩……

他们是那样的神通广大：王子历经磨难救回了公主，哥哥步行几千里找到了被海盗抢走的妹妹，魔鬼在一夜之间就建起了宏伟的教堂，阿拉丁的神灯要什么就有什么……

这些优美的童话讲述着娓娓动听的故事，不仅用悬念和戏剧性的情节使孩子们感到愉悦，更为小朋友们带来了美好的梦想和期待，让孩子爱不释手，流连忘返。

《经典故事 100 篇》分上下两册，既有文字，又有图画，尤其是文字、注音结合，更使少儿没有阅读障碍，因此倍受家长欢迎。

目录

MU LU

魔鬼造起了教堂

hóng dū lā sī yǒu yí ge gǔ lǎo de chéng shì jiào kù lā lún xī bān yá rén zhàn lǐng le kù
洪都拉斯有一个古老的城市叫库拉伦，西班牙人占领了库
lā lún yǐ hòu mìng lìng dāng dì rén zài yí yè zhī jiān jiàn yí zuò jiào táng fǒu zé tā men jiù bǎ zhěng
拉伦以后，命令当地人在一夜之间建一座教堂，否则他们就把整
ge chéng shì shāochéng fèi xū
个城市烧成废墟。

zhè kě bǎ kù lā lún rén xià huài le shì zhǎng tū rán xiǎng qǐ zài chéng wài zhù zhe yí ge jiào
这可把库拉伦人吓坏了，市长突然想起，在城外住着一个叫
mǎ luò de mó guǐ yú shì shì zhǎng lái dào le mó guǐ nà li tā liǎ qiān dìng le yí fèn hé tóng
马洛的魔鬼。于是市长来到了魔鬼那里，他俩签定了一份合同。
hé tong guī dìng mó guǐ fù zé jiàn zào fěn shuā jiào táng zuò wéi bào chóu kù lā lún měi nián chū shēng
合同规定，魔鬼负责建造、粉刷教堂，作为报酬，库拉伦每年出生
de yīng ér zhōng yǒu jǐ ge yào guī mó guǐ
的婴儿中有几个要归魔鬼
suǒ yǒu
所有。

mó guǐ zài bàng wǎn
魔鬼在傍晚
de shí hou kāi shǐ dòngshǒu
的时候开始动手，
shí jiān màn màn guò qù le
时间慢慢过去了，
jiào táng jiàn jiàn shēng gāo le
教堂渐渐升高了，
dàn shì mó guǐ hái xián xiū
但是魔鬼还嫌修
de bú gòu kuài yú shì xià
得不够快，于是下
lìng yòng gèng dà kuài de shí
令用更大块的石
tou qì qiáng de dǐng duān
头砌墙的顶端。

不到一个晚上，教堂就已经修好了。一会儿的工夫，教堂的内壁全部被粉刷了，只剩下外墙还没有粉刷。

现在每个库拉伦人心里都在后悔，他们想，宁愿让西班牙人把全城变成废墟，也不愿意让孩子们落到魔鬼的手里。可是，已经太迟了，合同已经签定，再也无法挽回了。

正当魔鬼开始刷外墙的时候，突然传来了公鸡的叫声，紧接着是一阵可怕的巨响，那是害怕阳光的魔鬼领着他的弟兄们逃回地狱时发出的声音。

库拉伦的市民们松了一口气，但是他们发现四周还是一片漆黑。

这时，一位叫露易莎的老太婆拿着蜡烛走进

le rén qún tā xiào zhe shuō chū le gōng jī tí qián jiào de yuán yīn
了人群，她笑着说出了公鸡提前叫的原因。

yuán lái tā jiā lí jiào táng bù yuǎn suǒ yǐ tā néng qīng chǔ de kàn jiàn nà li fā shēng de yí qiè
原来，她家离教堂不远，所以她能清楚地看见那里发生的一切。

dāng mó guǐ fěn shuā jiào táng de shí hou tā jiù cóng jī wō li zhuō chū yì zhī gōng jī rán hòu diǎn liàng là zhú gōng jī kàn jiàn zhú guāng yǐ wéi tiān liàng le jiù kāi shǐ dǎ míng
当魔鬼粉刷教堂的时候，她就从鸡窝里捉出一只公鸡，然后点亮蜡烛。公鸡看见烛光，以为天亮了，就开始打鸣。

shì zhǎng lì kè mìng rén tōng zhī xī bān yá zǒng dū dāng zǒng dū lái dào jiào táng de shí hou bù yóu de dà shēng chēng zàn qǐ lái zhǐ shì zhǐ chū le qí zhōng bù zú de dì fang wèi shén me bǎ dà shí tou fàng zài qiáng de dǐng shang wèi shén me bù shuā wài qiáng
市长立刻命人通知西班牙总督。当总督来到教堂的时候，不由得大声称赞起来，只是指出了其中不足的地方：“为什么把大石头放在墙的顶上？为什么不刷外墙？”

jiù zhè yàng kù lā lún rén kào zhì huì bǎo wèi le zì jǐ de chéng shì
就这样，库拉伦人靠智慧保卫了自己的城市。

国王和玉米

wēi lì shì ge hěn piào liang de nán hái zi tóu fa shì jīn huáng sè de pí fū hěn bái yǎn
威利是个很漂亮的男孩子，头发是金黄色的，皮肤很白，眼
jing hé dà hǎi yí yàng lán tā de jiā li zhòng le hěn duō yù mǐ wēi lì zuì xǐ huān měi tiān dào tián
睛和大海一样蓝。他的家里种了很多玉米，威利最喜欢每天到田
dì kàn zhe yù mǐ cóng qīng biàn chéng huáng měi dāng yù mǐ chéng shú de shí hou zhěng ge tián dì dōu jīn
地看着玉米从青变成黄。每当玉米成熟的时候，整个田地都金
càn càn de zhè shí hou wēi lì jiù huì jué de zì jǐ de fù qīn shì quán āi jí zuì fù yǒu de rén
灿灿的。这时候，威利就会觉得自己的父亲是全埃及最富有的人！

lí wēi lì jiā hěn yuǎn de dì fang
离威利家很远的地方，
yǒu yí ge háo huá de chéng bǎo guó wáng
有一个豪华的城堡，国王
hé tā de pú rén men jiù zhù zài nà li
和他的仆人们就住在那里。
wēi lì cóng méi yǒu jiàn guò guó wáng dàn
威利从没有见过国王，但
shì rén men zǒng shì xǐ huān tán lùn guó wáng
是人们总是喜欢谈论国王。
wēi lì cóng rén men de miáo shù zhōng gǎn jué
威利从人们的描述中感觉
guó wáng shì gè yǒu qián rén tā chī de
国王是个有钱人，他吃的
dōng xi hé pǔ tōng rén bù yí yàng tā
东西和普通人不一样，他
chuān de yī fu yě hěn huá lì
穿的衣服也很华丽。

yǒu yì tiān tiān hěn rè fù
有一天，天很热。父
qīn zhòng de yù mǐ dōu zhǎng de hěn gāo
亲种的玉米都长得很高
le wēi lì zài yù mǐ de yè zi xià tǎng
了，威利在玉米的叶子下躺

zhe cóng yí ge yù mǐ bàng zi shàng kōu yù mǐ chī tā kàn jiàn yí ge shēn cái gāo dà de nán rén zǒu
着，从一个玉米棒子上抠玉米吃。他看见一个身材高大的男人走
le guò lái tíng zài tā miàn qián kàn zhe tā nà ge nán rén de hú zi hěn cháng mù guāng xiàng yīng
了过来，停在他面前，看着他。那个男人的胡子很长，目光像鹰
yí yàng ruì lì shēn shang guà zhe hěn duō áng guì de shì wù wēi lì kě yǐ zhǔn què de cāi chū zhè
一样锐利，身上挂着很多昂贵的饰物。威利可以准确地猜出，这
ge rén jiù shì guó wáng
个人就是国王。

guó wáng wèn hái zi nǐ
国王问："孩子，你
fù qīn shì shuí wēi lì huí
父亲是谁？"威利回
dá shì quán āi jí zuì fù yǒu
答："是全埃及最富有
de rén guó wáng shuō nǐ
的人！"国王说："你
wèi shén me rèn wéi tā
为什么认为他
zuì fù yǒu wēi lì
最富有？"威利
huí dá yīn wèi tā
回答："因为他
yǒu zhè me yí dà piàn
有这么一大片
yù mǐ dì guó wáng
玉米地！"国王
fèn nù le yú shì duì
愤怒了，于是对
wèi bīng shuō gǎn kuài
卫兵说："赶快
bǎ zhè piàn yù mǐ dì
把这片玉米地
gěi wǒ shāo le
给我烧了！"

hái méi děng zhè piàn yù mǐ dì bèi shāo wán guó wáng jiù dà shēng shuō kàn nǐ fù qīn yǒu qián
还没等这片玉米地被烧完，国王就大声说：“看你父亲有钱，
hái shì guó wáng yǒu qián kàn yù mǐ huó de cháng hái shì guó wáng huó de cháng wēi lì kū le
还是国王有钱！看玉米活得长，还是国王活得长！”威利哭了，
tā bǎ shǒu wò de jǐn jǐn de lǐ mian shì jǐ shí lì hái méi yǒu chī wán de yù mǐ
他把手握得紧紧的，里面是几十粒还没有吃完的玉米。

wēi lì wèi le fáng zhǐ guó wáng lián zhè xiē yù mǐ yě qiǎng qù jiù yòng shǒu zhǐ zài dì shang wā
威利为了防止国王连这些玉米也抢去，就用手指在地上挖
le yí ge yòu yí ge de xiǎo dòng rán hòu bǎ shǒu zhōng de yù mǐ yí lì yí lì de diū le jìn qù
了一个又一个的小洞，然后把手中的玉米一粒一粒地丢了进去。

dì èr nián dāng quán āi
第二年，当全埃
jí de yù mǐ chéng shú de shí
及的玉米成熟的时
hou wēi lì jiā de tián dì li
候，威利家的田地里
yě yǒu yù mǐ zhǎng chéng le jiù
也有玉米长成了。就
zài nà ge shí hou guó wáng sǐ
在那个时候，国王死
le tā de shì wèi dào
了。他的侍卫到
mín jiān shōu jí le yì kǔn
民间收集了一捆
yù mǐ dǎ suàn fàng zài
玉米，打算放在
guó wáng de jīn zì tǎ
国王的金字塔
li wēi lì de yù mǐ
里，威利的玉米
jiù zhè yàng bèi dài dào le
就这样被带到了
guó wáng de fén mù
国王的坟墓。

hěn duō hěn duō nián guò qù le jǐ gè yīng guó rén dǎ kāi le guó wáng de jīn zì tǎ tā men
很多很多年过去了，几个英国人打开了国王的金字塔，他们
fā xiàn lǐ mian de yù mǐ hái bèi wán zhěng de bǎo liú zhe zhè xiē yīng guó rén ná zǒu le yì xiē yù
发现里面的玉米还被完整地保留着。这些英国人拿走了一些玉
mǐ dǎ suàn dài huí yīng guó zài jīng guò wēi lì jiā de shí hou tā men tíng le xià lái
米，打算带回英国，在经过威利家的时候，他们停了下来。

yīng guó rén bǎ yù mǐ ná gěi lǎo wēi lì kàn lǎo wēi lì xiào zhe shuō zhè jiù shì wǒ de yù
英国人把玉米拿给老威利看，老威利笑着说：“这就是我的玉
mǐ ya ér qiě wǒ hái liú xià le yí lì jiù zhòng zài tián dì de zhōng yāng lǎo wēi lì zhǐ zhe
米呀，而且我还留下了一粒，就种在田地的中央！”老威利指着
dì li zhǎng de zuì gāo zuì zhuàng de nà zhū yù mǐ gěi dà jiā kàn tā men wèn jiù shì zhè kē ma
地里长得最高最壮的那株玉米给大家看。他们问：“就是这棵吗？”

lǎo wēi lì zuò le gè guǐ liǎn jiù xiàng yí gè hái zi tā men shuō zhè yù mǐ yí dìng bǐ qí tā yù mǐ zhí qián wēi lì shuō nà dāng rán guó wáng suàn shén me
老威利做了个鬼脸，就像一个孩子。他们说：“这玉米一定比其他玉米值钱！”威利说：“那当然，国王算什么！”

潘多拉

cóngqián gū er āi pí mài suǒ sī hé nǚ hái pān duō lā zhù zài yì qǐ yǒu yì tiān pān
从前，孤儿埃皮迈索斯和女孩潘多拉住在一起。有一天，潘
duō lā zài fáng jiān li kàn jiàn le yí ge piào liang de xiǎo xiá zi tā wèn xiá zi li zhuāng de shì
多拉在房间里看见了一个漂亮的小匣子。她问：“匣子里装的是
shén me āi pí mài suǒ sī huí dá wǒ yě bù zhī dào dàn wǒ zhī dào zhè gè xiá zi bù
什么？”埃皮迈索斯回答：“我也不知道，但我知道，这个匣子不
néng bèi dǎ kāi yīn wèi lǐ mian zhuāng zhe yì xiē shén mì de dōng xi
能被打开，因为里面装着一些神秘的东西。”

bù yí huì er pān duō lā rěn bú zhù yòu wèn zhè xiá zi li mian dào dǐ zhuāng de shì shén
不一会儿，潘多拉忍不住又问：“这匣子里面到底装的是什
me āi pí mài suǒ sī shuō
么？”埃皮迈索斯说：
zhēn ná nǐ méi bàn fǎ tā shì
“真拿你没办法，他是
yí ge chuān zhe qí guài dǒu péng
一个穿着奇怪斗篷
de rén sòng lái de tā mào zi
的人送来的，他帽子
shang hái chā zhe yǔ máo pān
上还插着羽毛。”潘
duō lā shuō wǒ rèn shi tā
多拉说：“我认识他，
tā shì yí ge shèng rén jiù shì
他是一个圣人，就是
tā bǎ wǒ dài dào nǐ jiā de
他把我带到你家的，
zhè xiá zi shuō bú dìng shì tā sòng
这匣子说不定是他送
gěi wǒ de
给我的！”

pān duō lā yì zhí zhàn zài
潘多拉一直站在

nà er dīng zhe xiá zi zhè xiá zi shì yòng piào liang de shēn sè mù tou zuò chéng de tā bèi yì gēn jīn
那儿盯着匣子。这匣子是用漂亮的深色木头做成的，它被一根金
suǒ liàn jǐn jǐn de suǒ zhù le
锁链紧紧地锁住了。

pān duō lā xiǎng yě xǔ wǒ néng bǎ xiá zi dǎ kāi rán hòu zài bǎ tā guānshàng zhè yàng shuí
潘多拉想：“也许我能把匣子打开，然后再把它关上，这样谁
yě bú huì zhī dào wǒ céng dǎ kāi guò xiá zi xiǎng zhe xiǎng zhe tā hǎo xiàng jué de xiá zi lǐ mian yǒu
也不会知道我曾打开过匣子。”想着想着，她好像觉得匣子里面有
hěn xiǎo de shēng yīn yì zhí zài shuō fàng wǒ men chū qù ba pān duō lā qiú qiú nǐ fàng wǒ men chū
很小的声音一直在说：“放我们出去吧，潘多拉，求求你放我们出
qù ba
去吧！”

pān duō lā bǎ shǒu fàng zài
潘多拉把手放在
le xiá zi shang zhèngzhǔn bèi bǎ
了匣子上，正准备把
tā dǎ kāi de shí hou āi pí mài
它打开的时候，埃皮迈
suǒ sī jìn lái le kě shì tā
索斯进来了。可是他
yě zhǐ shì xiǎoshēng de dū nang le
也只是小声地嘟囔了
yí jù yīn wèi tā hé pān duō lā
一句，因为他和潘多拉
yí yàng hào qí yě xiǎng zhī
一样好奇，也想知
dào xiá zi lǐ mian zhuāng de
道匣子里面装的
shì shén me dōng xi
是什么东西。

pān duō lā bǎ xiá zi
潘多拉把匣子
xiān kāi yí kàn tā kàn dào de
掀开一看，她看到的

zhǐ shì yì qún dài chì bǎng de xiǎo chóng zi cóng xiá zi lǐ mian fēi le chū lái
只是一群带翅膀的小虫子从匣子里面飞了出来。

hái zi men bú rèn shi zhè xiē dōng xi tā men shì rén lèi zuì è de gēn yuán zhè xiē xiàng xiǎo
孩子们不认识这些东西，它们是人类罪恶的根源。这些像小
chóng zi yí yàng de dōng xi jiào yōu shāng āi chóu hé jí bìng
虫子一样的东西叫忧伤、哀愁和疾病。

zhè xiē zuì è de dōng xi bèi shèng rén fēng zài le xiá zi li tā běn lái dǎ suàn ràng āi pí mài
这些罪恶的东西被圣人封在了匣子里，他本来打算让埃皮迈
suǒ sī hǎo hao bǎo cún hǎo ràng rén lèi bú shòu zuì
索斯好好保存，好让人类不受罪
è de qīn hài zài zhè ge xiá zi méi yǒu bèi dǎ
恶的侵害。在这个匣子没有被打
kāi zhī qián shì jiè shang de dà rén
开之前，世界上的大人
cóng méi yǒu bēi shāng hái
从没有悲伤，孩
zi men yě cóng méi yǒu guò
子们也从没有过
yǎn lèi
眼泪。

dàn shì xiàn zài
但是，现在
zhè xiē zuì è de huò hài
这些罪恶的祸害
fēi chū le qiú jìn tā men
飞出了囚禁它们
de xiá zi fēi dào le
的匣子，飞到了
shì jiè gè dì cóng cǐ
世界各地。从此，
rén lèi yǒu le bēi shāng hé
人类有了悲伤和
yǎn lèi
眼泪。

pān duō lā jí máng bǎ xiá zi guānshàng xiàn zài tā gǎn dào shí fēn hòu huǐ
潘多拉急忙把匣子关上，现在她感到十分后悔。

tū rán tā tīng dào xiá zi li yǒu yí ge xì wēi de shēng yīn shuō pān duō lā qǐng dǎ kāi
突然，她听到匣子里有一个细微的声音说：“潘多拉，请打开

xiá zi pān duō lā shuō bù wǒ yǐ jīng dǎ kāi guò xiá zi le jié guǒ fàng chū lái le nà xiē
匣子。”潘多拉说：“不，我已经打开过匣子了，结果放出来了那些

zuì è de dōng xi xiàn zài tā men zài dào chù hài rén nà shēng yīn shuō dǎ kāi gài zi le ba
罪恶的东西，现在它们在到处害人。”那声音说：“打开盖子了吧！

rén men huì huānyíng wǒ de
人们会欢迎我的！”

zhè ge shēng yīn yòu yuè ěr
这个声音又悦耳

yòu dòng tīng ràng pān duō lā bù yóu
又动听，让潘多拉不由

zì zhǔ de yòu dǎ kāi le xiá zi
自主地又打开了匣子。

zhè shí cóng lǐ mian fēi chū le yì
这时，从里面飞出了一

zhī wēi xiào zhe de xiǎochóng zi
只微笑着的小虫子。

tā shuō wǒ jiào xī wàng dāng
它说：“我叫'希望'，当

rén men bēi shāng de shí hou wǒ
人们悲伤的时候，我

jiù huì chū xiàn
就会出现！”

cóng cǐ zuì è zài
从此，罪恶在

shì jiè dào chù luànchuǎng dàn
世界到处乱闯，但

shì rén men de xīn li yǒngyuǎn
是人们的心里永远

dōu yǒu xī wàng
都有“希望”……

神灯

zhōng yú lái dào mù dì dì le mó fǎ shī fēi cháng gāo xìng tā diǎn rán le yì duī huǒ duì
终于来到目的地了，魔法师非常高兴。他点燃了一堆火，对
zhe lǚ lǚ qīng yān niàn qǐ zhòu yǔ lái
着缕缕青烟念起咒语来。

ā lā dīng bù zhī dào tā zài niàn shén me tū rán dà dì màn màn de lòu chū yí kuài yún
阿拉丁不知道他在念什么。突然，大地慢慢地露出一块云
shí shàng mian hái yǒu yí ge tóng huán mó fǎ shī duì ā lā dīng shuō rú guǒ nǐ àn wǒ de huà
石，上面还有一个铜环。魔法师对阿拉丁说："如果你按我的话
qù zuò nǐ mǎ shàng jiù huì biàn chéng bǐ guó wáng hái fù yǒu de rén ā lā dīng shuō wǒ yí dìng
去做，你马上就会变成比国王还富有的人。"阿拉丁说："我一定
tīng huà
听话。"

mó fǎ shī shuō nǐ lā
魔法师说："你拉
qǐ tóng huán jìn dào dòng li qù
起铜环，进到洞里去，
jīng guò sì jiān zhuāng mǎn jīn yín
经过四间装满金银
zhū bǎo de fáng jiān hou jì xù
珠宝的房间后，继续
yán zhe xiǎo lù zǒu nǐ huì kàn
沿着小路走，你会看
jiàn yí ge dà tīng zài dà tīng
见一个大厅。在大厅
de tiān huā bǎn shang diào zhe yì zhǎn
的天花板上吊着一盏
yóu dēng nǐ bǎ yóu dēng dài huí
油灯，你把油灯带回
lái gěi wǒ jiù kě yǐ le wǒ
来给我就可以了。我
zhǐ yào nà zhǎn dēng bié de dōu
只要那盏灯，别的都

shì nǐ de hǎo ma
是你的，好吗？”

ā lā dīng lái dào le nà ge dà tīng qǔ xià nà zhǎn yóu dēng jiù wǎng huí zǒu zài huí lái de
阿拉丁来到了那个大厅，取下那盏油灯就往回走，在回来的
lù shang tā ná le xiē bǎo shí zuò de guǒ zi lái dào dòng kǒu shí tā dà shēng jiào dào bǎ wǒ
路上，他拿了些宝石做的果子。来到洞口时他大声叫道：“把我
lā chū qù ba kě mó fǎ shī yào ā lā dīng xiān bǎ yóu dēng gěi tā ā lā dīng què yí dìng yào
拉出去吧！”可魔法师要阿拉丁先把油灯给他。阿拉丁却一定要
tā xiān lā zì jǐ shàng lái mó fǎ shī yí nù zhī xià bǎ dòng kǒu guān bì le
他先拉自己上来。魔法师一怒之下，把洞口关闭了。

ā lā dīng xiǎng bù chū chū qù de bàn fǎ
阿拉丁想不出出去的办法，
jié guǒ tā bù xiǎo xīn cā dào le nà zhǎn yóu dēng
结果他不小心擦到了那盏油灯。
tū rán chū lái yí ge jù rén wèn zhǔ rén
突然出来一个巨人，问：“主人，
nǐ yǒu shén me fēn fù ā lā dīng wèn nǐ
你有什么吩咐？”阿拉丁问：“你
shì shuí jù rén shuō wǒ shì
是谁？”巨人说：“我是
shéndēng de shǒu hù shén yě shì nǐ
神灯的守护神，也是你
de pú rén ā lā dīng shuō
的仆人。”阿拉丁说：
jì rán rú cǐ nǐ bǎ wǒ
“既然如此，你把我
jiù shàng qù jù rén lì
救上去！”巨人立
kè shī zhǎn fǎ shù bǎ ā lā
刻施展法术，把阿拉
dīng dài huí le dì miàn
丁带回了地面。

ā lā dīng huí jiā yǐ
阿拉丁回家以

hòu mǔ qīn shuō hái zi jiā lǐ shén me chī de yě méi yǒu wǒ bǎ zhè zhǎndēng cā gān jìng qù
后，母亲说：“孩子，家里什么吃的也没有，我把这盏灯擦干净，去
huàn jǐ gè qián ba tā yì biān shuō yì biān dòng shǒu cā qǐ lái dàn tā gāng cā yí xià yǎn qián
换几个钱吧！”她一边说，一边动手擦起来。但她刚擦一下，眼前
jiù chū xiàn le yí gè jù rén mǔ qīn xià de yūn le guò qù
就出现了一个巨人，母亲吓得晕了过去。

ā lā dīng shuō pú rén nǐ gěi wǒ nòng diǎn chī de ba jù rén lì kè jiù bú jiàn le
阿拉丁说：“仆人，你给我弄点吃的吧！”巨人立刻就不见了，
děng tā huí lái de shí hou shǒu lǐ duān zhe xǔ duō fēng shèng de fàn cài
等他回来的时候，手里端着许多丰盛的饭菜。
zhè yì zhuō zi de shí wù ā lā dīng hé mǔ qīn zhěng zhěng chī le sān
这一桌子的食物，阿拉丁和母亲整整吃了三
tiān dì sì tiān méi yǒu
天。第四天，没有
chī de le ā lā dīng jiù
吃的了，阿拉丁就
ná zhe chéng cài de jīn pán
拿着盛菜的金盘
zi qù shì chǎng shàng mài tā
子去市场上卖，他
yòng yí ge pán zi jiù
用一个盘子就
huàn le qī shí ge jīn
换了七十个金
bì ā lā dīng kào
币！阿拉丁靠
mài pán zi zǎn xià le
卖盘子攒下了
bù shǎo qián cóng cǐ
不少钱。从此，
tā hé mǔ qīn guò
他和母亲过
shàng le hǎo rì zi
上了好日子。

凶恶的老妖婆

从前，有一个漂亮、聪明的女孩。后娘想害死她，叫她到姨妈家去讨根针，要一段线。

女孩知道后娘的姐姐是个凶恶的老妖婆，就先到了自己的亲姨妈家。亲姨妈仔细地教了她对付老妖婆家的猫、狗、大门和白桦树的办法。

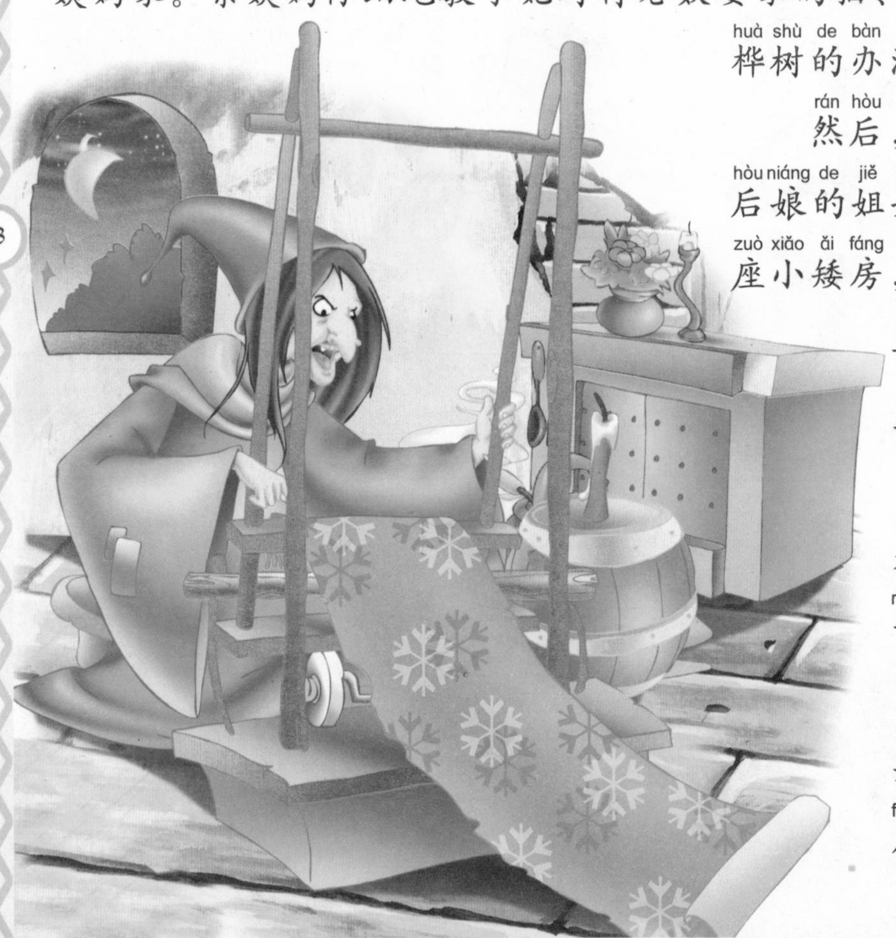

然后，小女孩来到后娘的姐姐家。这是一座小矮房，凶恶的老妖婆正坐在屋里织布。看见女孩来了，老妖婆让她替她织会儿布。然后，老妖婆走出矮房子，吩咐佣

rén gěi nǚ hái xǐ zǎo míng tiān zǎo
人给女孩洗澡，明天早
shang tā yào chī le nǚ hái
上她要吃了女孩。

nǚ hái tīng le hěn hài pà
女孩听了很害怕，
jiù sòng le yí kuài fāng tóu jīn gěi
就送了一块方头巾给
yòng rén qiú yōng rén bú yào diǎn rán
佣人，求佣人不要点燃
mù chái
木柴。

rán hòu nǚ hái àn zhào qīn
然后，女孩按照亲
yí mā de dīng zhǔ ná le yí kuài
姨妈的叮嘱，拿了一块
huǒ tuǐ gěi māo chī māo sòng gěi
火腿给猫吃。猫送给
tā yí kuài shǒu pà hé yì bǎ shū
她一块手帕和一把梳
zi rán hòu bǎ shǐ yòng de fāng fǎ
子，然后把使用的方法
gào sù le tā nǚ hái ná qǐ shǒu pà hé shū zi táo zǒu le
告诉了她。女孩拿起手帕和梳子逃走了。

gǒu gāng xiǎng chòng zhe tā jiào tā jiù rēng le jǐ kuài miàn bāo gǒu fàng tā zǒu le dà mén gāng
狗刚想冲着她叫，她就扔了几块面包，狗放她走了；大门刚
yào pēng yì shēng guān shàng tā gǎn jǐn zài mén xià mǒ le diǎn yóu dà mén chǎng kāi ràng tā guò qù le
要砰一声关上，她赶紧在门下抹了点油，大门敞开让她过去了；
bái huà shù zhèng yào chōu dǎ tā de yǎn jing tā jiù yòng bù tiáo zi bǎ shù zhī zā hǎo bái huà shù yě
白桦树正要抽打她的眼睛，她就用布条子把树枝扎好，白桦树也
fàng tā guò qù le
放她过去了。

māo zuò zài zhī bù jī qián tì nǚ hái zhī qǐ bù lái lǎo yāo pó chōng jìn xiǎo ǎi fáng fā
猫坐在织布机前，替女孩织起布来。老妖婆冲进小矮房，发

xiàn nǚ hái táo pǎo le fēi chángshēng qì tā yì biān dǎ māo yì biān zé wèn tā wèi shén me bù
现女孩逃跑了，非常生气。她一边打猫，一边责问它，为什么不
náo xiā xiǎo nǚ hái de yǎn jing
挠瞎小女孩的眼睛。

māo huí dá shuō nǐ lián yì tiáo xiǎo yú dōu bù gěi wǒ ér tā què gěi wǒ chī huǒ tuǐ ne
猫回答说：“你连一条小鱼都不给我，而她却给我吃火腿呢。”

lǎo yāo pó yòu qù zhǎo gǒu dà mén bái huà shù hé yōng rén suànzhàng duì tā men yòu dǎ yòu
老妖婆又去找狗、大门、白桦树和佣人算帐，对他们又打又
mà tā men yuàn guài lǎo yāo pó píngcháng tài è dú tài kè bó le cóng lái dōu bú duì tā men hǎo xiē
骂。他们怨怪老妖婆平常太恶毒、太刻薄了，从来都不对他们好些。

xiōng è de lǎo yāo pó méi bàn fǎ zhǐ hǎo gǎn jǐn qù zhuī
凶恶的老妖婆没办法，只好赶紧去追
nǚ hái nǚ hái bǎ ěr duo tiē zài dì miànshang tīng jiàn lǎo yāo
女孩。女孩把耳朵贴在地面上，听见老妖
pó lí de bù yuǎn le jiù bǎ shǒu pà rēng guò qù shēn hòu lì jí
婆离得不远了，就把手帕扔过去，身后立即
chū xiàn le yì tiáo hěn kuān de dà hé
出现了一条很宽的大河。

lǎo yāo pó zhuī gǎn dào hé biān
老妖婆追赶到河边，
hèn de bǎ yá chǐ yǎo de gē gē xiǎng
恨得把牙齿咬得咯咯响，
yīn wèi tā guò bù liǎo hé tā zhǐ hǎo
因为她过不了河。她只好
pǎo huí jiā gǎn le yì qún niú
跑回家，赶了一群牛
lái hē gān le hé li de shuǐ
来，喝干了河里的水。

lǎo yāo pó guò le hé
老妖婆过了河，
jì xù zhuī gǎn nǚ hái
继续追赶女孩。

nǚ hái yòu bǎ ěr duo tiē zài dì miànshang tīng jiàn lǎo yāo pó lí de hěn jìn le jiù ná chū
女孩又把耳朵贴在地面上，听见老妖婆离得很近了，就拿出
shū zi rēng le guò qù shēn hòu lì kè chū xiàn le yí piàn mào mì de dà shù lín
梳子扔了过去，身后立刻出现了一片茂密的大树林。

lǎo yāo pó yì tóu zuān jìn shù lín kě tā zǒu lái zǒu qù zěn me dōu chuān bú guò lái tā
老妖婆一头钻进树林，可她走来走去，怎么都穿不过来。她
zhǐ hǎo zhuǎnshēn huí jiā qù kě què lián huí jiā de lù yě zhǎo bú dào le zuì hòu lǎo yāo pó è
只好转身回家去，可却连回家的路也找不到了。最后，老妖婆饿
sǐ zài shù lín li le
死在树林里了。

nǚ hái huí dào jiā li bà ba wèn tā dào nǎ ern qù le yú shì nǚ hái bǎ suǒ yǒu de
女孩回到家里，爸爸问她到哪儿去了。于是，女孩把所有的
shì qing dōu gào sù le bà ba
事情都告诉了爸爸。

bà ba fēi chángshēng qì yòngbiān zi hěn hěn de bǎ
爸爸非常生气，用鞭子狠狠地把
hòu niáng dǎ le yí dùn
后娘打了一顿，
rán hòu jiāng hòu niáng sòng
然后将后娘送
dào le fǎ guān nà li
到了法官那里。
fǎ guān ràng guì zi shǒu
法官让刽子手
bǎ hěn dú de hòu niáng
把狠毒的后娘
kǎn chéng le liǎngduàn
砍成了两段。

cóng cǐ fù nǚ
从此，父女
liǎ guò zhe xìng fú kuài
俩过着幸福、快
lè de shēnghuó
乐的生活。

国王和公鸡

cóng qián yǒu ge guó wáng tǒng zhì zhe yí gè páng dà de guó jiā yǒu yì zhī qín láo de xiǎo
从前，有个国王，统治着一个庞大的国家。有一只勤劳的小
gōng jī měi tiān dōu zài wèi tā xiào lì rì rì yè yè dōu zài guó wáng de tǔ dì shang gēng dì xià zhǒng
公鸡每天都在为他效力，日日夜夜都在国王的土地上耕地、下种、
shōu gē dǎ gǔ
收割、打谷。

zhè yì nián guó wáng de tǔ dì qǔ dé le dà fēng shōu gōng jī shuō guó wáng wǒ xī wàng
这一年，国王的土地取得了大丰收。公鸡说：“国王，我希望
nǐ néng bǎ nǐ fēng shōu de liáng shi shǎng cì gěi wǒ yì diǎn zuò wéi wǒ xīn kǔ de bào chóu guó wáng
你能把你丰收的粮食赏赐给我一点，作为我辛苦的报酬。”国王
zhòu le zhòu méi tóu shuō nǐ de ěr duo li néng zhuāng
皱了皱眉头说：“你的耳朵里能装
duō shǎo liáng shi nǐ jiù ná zǒu duō shǎo ba
多少粮食，你就拿走多少吧！”

xiǎo gōng jī tīng le guó wáng de huà
小公鸡听了国王的话，
shí fēn shēng qì dàn tā shén me yě méi
十分生气。但它什么也没
shuō jiù kāi shǐ wǎng ěr duo li zhuāng liáng
说，就开始往耳朵里装粮
shi liáng shi yuè lái yuè
食。粮食越来越
shǎo zuì hòu quán bèi xiǎo gōng
少，最后全被小公
jī zhuāng dào le ěr duo
鸡装到了耳朵
li xiǎo gōng jī jiāo ào
里！小公鸡骄傲
de shuō hǎo le wǒ xiàn
地说：“好了，我现
zài yào zǒu le
在要走了！”

小公鸡开始了长途跋涉。在路上，一只狐狸向它打招呼：“你要去哪里呀？”小公鸡说：“我要去遥远的国家，我要向他们的公主求婚！”狐狸说：“请你带上我一起走吧！”小公鸡说：“路太远了，你会累的！”

但狐狸一定要跟着小公鸡，走了几个小时，狐狸就十分疲惫，说它再也走不动了。于是，小公鸡就叫狐狸坐进了自己的耳朵里，它们两个继续前进。

走了一会儿，小公鸡又依次遇到了狼、豺、狮子。当它们知道小公鸡要向远方的公主求婚的时候，也要跟着去。于是，小公鸡也把它们放在了耳朵里。

xiǎo gōng jī zhōng yú dào le yuǎn fāng de guó jiā tā duì guó wáng shuō wǒ yào qǔ nǐ de nǚ
小公鸡终于到了远方的国家。它对国王说："我要娶你的女
ér guó wáng kàn jiàn yí ge gōng jī xiàng gōng zhǔ qiú hūn jué de shí fēn shēng qì jiù bǎ tā rēng
儿！"国王看见一个公鸡向公主求婚，觉得十分生气，就把它扔
dào le jī lán li
到了鸡栏里。

xiǎo gōng jī bù huāng bù máng de tāo chū le ěr duo li de hú li tā shuō qǐng nǐ bāng bang
小公鸡不慌不忙地掏出了耳朵里的狐狸，它说："请你帮帮
wǒ hú li mǎ shàng pū xiàng jī lán li qí tā de jī bǎ tā men quán chī le
我！"狐狸马上扑向鸡栏里其它的鸡，把它们全吃了。

xiǎo gōng jī de jǔ dòng lìng guó wáng shí fēn shēng qì tā yòu
小公鸡的举动令国王十分生气，他又
bǎ tā rēng jìn le yáng juàn xiǎo gōng jī cóng ěr duo li tāo chū le
把它扔进了羊圈，小公鸡从耳朵里掏出了
láng guó wáng yòu bǎ tā rēng jìn le lǘ jiù xiǎo gōng jī jiù cóng ěr
狼；国王又把它扔进了驴厩，小公鸡就从耳
duo li tāo chū le chái
朵里掏出了豺。

zuì hòu xiǎo gōng jī tāo chū le shī zi
最后，小公鸡掏出了狮子，
shī zi lì kè pū xiàng le guó wáng hé wèi bīng guó
狮子立刻扑向了国王和卫兵。国
wáng bèi xià huài le yú shì shuō wǒ tóng yì bǎ
王被吓坏了，于是说："我同意把
gōng zhǔ jià gěi nǐ
公主嫁给你！"

大鼻子矮怪物

许多年以前，鞋匠同他的妻子过着俭朴的、安分守己的生活。他们有一个12岁的儿子——雅各。

这一天，雅各在菜市场帮母亲卖菜，他用清脆的声音喊：“白菜，卷心菜！谁要买？我们的菜价钱最公道！”这时，一个大鼻子老太婆朝他们走来。买完菜后，她叫雅各帮她把菜背回家。

在老太婆的家里，雅各喝完她煮的一碗汤后，就躺在沙发上睡着了。他还做了一个稀奇古怪的梦，他梦见自己变成了松鼠，给老太婆整整做了7年的工作，最后还成了一个大厨师。醒来的时候，他发现自己还是躺在老太婆的沙发上。

雅各回到市场时，看见母亲仍然在那里卖菜，于是雅各上前去叫妈妈。妈妈却说，他只是一个长着大鼻子的小矮子。雅各来到鞋匠铺，鞋匠说他原来有个儿子，在七年前被老妖婆拐走了。

雅各渐渐明白了，原来他并不是在做梦，而是在老妖婆那儿变成了松鼠，侍候了她七年。

鞋匠说：“假如我有你这样的大鼻子，我一定要做个皮套把它套上。省得鼻子碰到门柱上或车上。”

雅各摸了一下自己的鼻子，鼻子果然又粗又大！这么说，老太婆把他的容貌也改变了，怪不得母亲不认识他了！

bù jiǔ dà bí zi ǎi
不久，大鼻子矮
rén yǎ gè píng zhe chū sè de chú
人雅各凭着出色的厨
yì zài gōng jué de gōng diàn li dāng
艺在公爵的宫殿里当
le chú shī tā zài gōng li zhù
了厨师。他在宫里住
le jiāng jìn liǎng nián shēng huó hěn
了将近两年，生活很
fù yù shēng wàng yě hěn gāo zhǐ
富裕，声望也很高，只
shì yì xiǎng qǐ fù mǔ xīn li
是一想起父母，心里
jiù hěn yōu yù
就很忧郁。

yǒu yì tiān zǎo chen tā
有一天早晨，他
dào é shì mǎi le sān zhī é
到鹅市买了三只鹅。
huí jiā de lù shang yǒu zhī é shuō wǒ bú shì é wǒ shì mó fǎ shī de nǚ ér mì mi bèi
回家的路上，有只鹅说：“我不是鹅，我是魔法师的女儿蜜蜜，被
yí gè huài wū pó biàn chéng le é
一个坏巫婆变成了鹅！”

dà bí zi ǎi rén huí dào gōng diàn hòu gěi mì mi dā le yí ge péng zi tā gěi tā chī de
大鼻子矮人回到宫殿后，给蜜蜜搭了一个棚子，他给她吃的
bú shì yì bān de é shí ér shì miàn bǐng hé tián shí tā men bǐ cǐ jiǎng le zì jǐ de shēn shì
不是一般的鹅食，而是面饼和甜食。他们彼此讲了自己的身世，
mì mi tīng le tā de zāo yù hòu shuō lǎo yāo pó yòng yì zhǒng cài ràng nǐ zhòng mó fǎ le rú guǒ
蜜蜜听了他的遭遇后，说：“老妖婆用一种菜让你中魔法了，如果
zhǎo dào zhè zhǒng cài nǐ zhòng de mó fǎ jiù kě yǐ jiě chú la
找到这种菜，你中的魔法就可以解除啦。”

yǒu yì tiān gōng jué yàn qǐng hóu jué dà bí zi ǎi rén yǎ gè kǎo le yí ge xiàn bǐng gěi hóu
有一天，公爵宴请侯爵，大鼻子矮人雅各烤了一个馅饼给侯

jué chī kě tā shuō bǐng li quē shǎo pēn tì cài yú shì xiǎo ǎi rén hé mì mi yì qǐ qù zhǎo zhè zhǒng
爵吃，可他说饼里缺少喷嚏菜。于是小矮人和蜜蜜一起去找这种
cài dāng tā men zhǎo dào yǐ hòu fā xiàn pēn tì cài jiù shì kě yǐ ràng tā jiě chú mó fǎ de cài
菜。当他们找到以后，发现喷嚏菜就是可以让他解除魔法的菜。

yú shì tā men shāng liáng táo chū gōng jué de gōng diàn yǎ gè bǎ píng shí shěng xià lái de jīn bì
于是他们商量逃出公爵的宫殿，雅各把平时省下来的金币
hé yī wù dǎ chéng le yí ge bāo guǒ rán hòu shǐ jìn de xī le yì kǒu cài de xiāng qì yǎ gè yòu
和衣物打成了一个包裹，然后使劲地吸了一口菜的香气，雅各又
biàn huí le rén de yàng zi
变回了人的样子。

tā bào zhe é shùn lì de
他抱着鹅，顺利地
zǒu chū le gōng mén cháo mì mi de
走出了宫门，朝蜜蜜的
jiā xiāng zǒu qù mó fǎ shī jiě
家乡走去。魔法师解
chú le nǚ ér shēn shang de mó fǎ
除了女儿身上的魔法，
hái zèng gěi yǎ gè xǔ duō lǐ wù
还赠给雅各许多礼物，
sòng tā zǒu le yǎ gè huí dào
送他走了。雅各回到
le jiā xiāng hé fù mǔ yì qǐ guò
了家乡，和父母一起过
shàng le xìng fú de shēng huó
上了幸福的生活。

救妹记

yǒu yí duì xiōng mèi gē ge jiào mò sī tǎ fǎ mèi mei jiào fǎ tè méi tā men nián jì zhǐ xiāng
有一对兄妹，哥哥叫莫斯塔法，妹妹叫法特梅，他们年纪只相
chà liǎng suì zài fǎ tè méi shí liù suì shēng rì nà tiān mò sī tǎ fǎ zū le yì tiáo sān wéi fān
差两岁。在法特梅十六岁生日那天，莫斯塔法租了一条三桅帆
chuán qǐng mèi mei hé tā de péng you zuǒ lài dé yì qǐ chū hǎi yóu wán zài hǎi shang tā men yù dào
船，请妹妹和她的朋友佐赖德一起出海游玩。在海上，他们遇到
le hǎi dào hǎi dào men bǎ liǎng gè nǚ hái tuō shàng le hǎi dào chuán
了海盗，海盗们把两个女孩拖上了海盗船。

fù qīn tīng dào zhè gè xiāo xi shí fēn bēi tòng yú shì bǎ zé rèn tuī dào le mò sī tǎ fǎ
父亲听到这个消息，十分悲痛，于是把责任推到了莫斯塔法
shēnshang tā shuō nǐ gǔn
身上，他说：“你滚，
wǒ yǒngyuǎn zǔ zhòu nǐ
我永远诅咒你！”。
gē ge zhèng zài wèi shī qù mèi
哥哥正在为失去妹
mei ér bēi tòng de tái bù qǐ
妹而悲痛得抬不起
tóu lái xiàn zài yòu bèi fù qīn
头来，现在又被父亲
gǎn chū jiā mén zhēn shì bú xìng
赶出家门，真是不幸
jí le dàn zhè yì lái tā
极了。但这一来，他
de yì zhì fǎn ér jiān qiáng qǐ
的意志反而坚强起
lái tā hán zhe yǎn lèi gào bié
来，他含着眼泪告别
le fù mǔ kāi shǐ le xún zhǎo
了父母，开始了寻找
mèi mei de lì chéng
妹妹的历程。

bú xìng de shì qíng hěn kuài jiù fā shēng le yóu yú mò sī tǎ fǎ gēn zǒng dū zhǎng de hěn xiàng
不幸的事情很快就发生了，由于莫斯塔法跟总督长得很像，
suǒ yǐ tā bèi qiáng dào zhuā qù le zài nà li tā shòu dào le yí ge xiǎo lǎo tóu er de zhé mó
所以他被强盗抓去了。在那里，他受到了一个小老头儿的折磨。
qiáng dào tóu lǐng jué dìng shā diào mò sī tǎ fǎ jiù zài nà shí zhēn zǒng dū bèi dài le jìn lái
强盗头领决定杀掉莫斯塔法，就在那时，真总督被带了进来。
qiáng dào men zhè cái zhī dào tā men bǎ shì qíng nòng cuò le yú shì mò sī tǎ fǎ kěn qǐng ràng tā jì xù gǎn lù tóu lǐng xún wèn tā jí sù gǎn lù de yuán yīn mò sī tǎ fǎ bǎ shì qing xiáng xiáng xì xì de gào su le tā tā de jīng lì dé dào le tóu lǐng de tóng qíng yú shì jué dìng fàng tā zǒu
强盗们这才知道，他们把事情弄错了。于是，莫斯塔法恳请让他继续赶路，头领询问他急速赶路的原因，莫斯塔法把事情详详细细地告诉了他。他的经历得到了头领的同情，于是决定放他走。

dì èr tiān tóu lǐng sòng tā chū le shù lín bìng gěi le tā yì xiē qián hé duǎn jiàn mò sī tǎ fǎ duì tā de kāng kǎi biǎo shì gǎn xiè
第二天，头领送他出了树林，并给了他一些钱和短剑，莫斯塔法对他的慷慨表示感谢。

jiē zhe tā jì xù kāi shǐ xún zhǎo mèi mei de lì chéng
接着,他继续开始寻找妹妹的历程。

bā ěr suǒ lā zài chéng shì mò sī tǎ fǎ dǎ tīng dào le mèi mei de xià luò yuán lái tā bèi
巴尔索拉在城市,莫斯塔法打听到了妹妹的下落,原来她被
cái zhǔ wū lì mǎi zǒu le mò sī tǎ fǎ huā le jǐ méi jīn bì xiàng yī shēng mǎi le yì zhǒng miào
财主乌利买走了。莫斯塔法花了几枚金币,向医生买了一种妙
yào shuí fú le zhè zhǒng yào jiù huì hūn shuì guò qù xiàng sǐ le yì bān dàn fú le jiě yào hòu
药,谁服了这种药,就会昏睡过去,像死了一般,但服了解药后,
jiù huì lì jí sū xǐng guò lái
就会立即苏醒过来。

rán hòu tā bàn chéng yī shēng qù wū lì jiā gěi pú rén kàn bìng tā duì cái zhǔ shuō fǎ
然后他扮成医生,去乌利家给仆人看病。他对财主说:"法
tè méi dé le zhòng bìng kǒng pà
特梅得了重病,恐怕
yǒu wēi xiǎn wū lì dà nù shuō
有危险。"乌利大怒说:
rú guǒ nǐ bù néng jiù huó tā
"如果你不能救活她,
wǒ jiù kǎn le nǐ de nǎo dài
我就砍了你的脑袋!"

mò sī tǎ fǎ gǎn jǐn kāi
莫斯塔法赶紧开
le nà jì yào zài tā lí kāi
了那剂药,在他离开
chéng bǎo hái bú dào yì xiǎo shí de
城堡还不到一小时的
shí hou nǚ nú fǎ tè méi jiù sǐ
时候,女奴法特梅就死
le mò sī tǎ fǎ zhǎo dào fǎ
了。莫斯塔法找到法
tè méi de guān cai què fā xiàn tā
特梅的棺材,却发现她
bú shì zì jǐ de mèi mei
不是自己的妹妹!

31

cóng nà gè nǚ pú zuǐ li mò sī tǎ fǎ cái zhī dào yuán lái mèi mei gǎi míng le dé jiù
从那个女仆嘴里，莫斯塔法才知道，原来妹妹改名了。得救
de nǚ nú kàn dào tā yīn jiù cuò le rén ér chuí tóu sàng qì jiù gào sù tā yí gè bàn fǎ kě yǐ
的女奴看到他因救错了人而垂头丧气，就告诉他一个办法，可以
yíng jiù liǎng ge gū niang
营救两个姑娘。

yuán lái wū lì jiā de shuǐ jǐng kě yǐ tōng dào wài biān de shì jiè zài qiáng dào tóu lǐng de bāngmáng
原来乌利家的水井可以通到外边的世界，在强盗头领的帮忙
xià mò sī tǎ fǎ dài zhe wǔ qì pá jìn le xià shuǐ jǐng zuān jìn le cái zhǔ jiā tā men hěn kuài jiù
下莫斯塔法带着武器爬进了下水井，钻进了财主家。他们很快就
zhǎo dào le fǎ tè méi hé zuǒ lài dé
找到了法特梅和佐赖德。

dì èr tiān mò sī tǎ fǎ
第二天，莫斯塔法
hé liǎng ge gū niang huí dào le gù
和两个姑娘回到了故
xiāng fù qīn gāo xìng de shuō xiàn
乡。父亲高兴地说：“现
zài wǒ bǎ jiā zài nǐ tóu shang de
在，我把加在你头上的
zǔ zhòu jiě chú le nǐ wèi le yíng
诅咒解除了，你为了营
jiù tā men bù cí xīn láo xiàn zài
救她们不辞辛劳，现在
wǒ yào bǎ zuǒ lài dé xǔ pèi gěi nǐ
我要把佐赖德许配给你。
dàn yuàn suǒ yǒu rén hé nǐ yí yàng
但愿所有人和你一样，
jì yǒu zhì huì rè qíng yòu yǒu shǒu
既有智慧、热情，又有手
zú zhī qíng
足之情！”

阔嘴巴的青蛙

从前有一只阔嘴巴青蛙在沼泽里生活。由于它的嘴巴比别的青蛙阔，所以，他认为自己是沼泽里最特殊的动物。

有一天，它在水边上看着自己的倒影，看着看着，心里就难过起来，它想："既然我生来就与众不同，可是为什么还要我吃蚊子和小虫？这不公平。"于是，它就站在一根树枝上，呱呱地大叫着说："我是阔嘴巴青蛙，我该吃高级的食物，谁能告诉我，什么食物最高级？"

它的声音吵醒了金丝猴，金丝猴说："我最爱吃野果、嫩芽和竹笋。这不适合你，你去问猫头鹰吧，也许它能帮助你。"

阔嘴巴青蛙找到猫头鹰，

问：“猫头鹰，我是阔嘴巴青蛙，请你告诉我，哪种食物最高级？”猫头鹰回答说：“我最爱吃老鼠，既然你的嘴巴与众不同，你一定不喜欢吃老鼠的，你去问鹿吧，它比我知道的多。”

阔嘴巴青蛙又找到鹿，说：“我生来与别人不一样，听说你很聪明，你能告诉我哪种食物最高级吗？”鹿说：“我认为最好的食物是嫩树枝和野蔷薇，可我知道你是不吃这些东西的，你去问白鹭吧。”

青蛙又去对白鹭说：“我今天特地来请教你，哪种食物最好，最适合我阔嘴巴青蛙吃？”白鹭说：“我只爱吃新鲜鱼虾，这可不是你吃的东西，你去问浣熊吧。”青蛙

zhǎo dào huànxióng tí chū wèn tí
找到浣熊，提出问题。
huànxióng huí dá shuō wǒ zuì ài
浣熊回答说：“我最爱
chī dà tóu xiā hé yú zhè xiē dōng
吃大头虾和鱼，这些东
xi yí dìng bù hé nǐ de wèi kǒu
西一定不合你的胃口，
hú li zuì cōngmíng nǐ qù wèn tā
狐狸最聪明，你去问它
ba
吧。”

qīng wā hǎo bù róng yì zhǎo
青蛙好不容易找
dào le hú li wèn hú li xiān
到了狐狸，问：“狐狸先
sheng qǐng nǐ zhǐ diǎn wǒ chī nǎ
生，请你指点我，吃哪
zhǒng shí wù cái fú hé wǒ de shēn
种食物才符合我的身
fèn hú li bù zhī dào kě
份？”狐狸不知道，可
tā bú yuànchéng rèn zì jǐ de wú
它不愿承认自己的无
néng jiù duì kuò zuǐ ba qīng wā shuō nǐ qù wèn è yú ba wǒ zhī dào tā duì zhè gè wèn tí zuì
能，就对阔嘴巴青蛙说：“你去问鳄鱼吧，我知道它对这个问题最
yǒu yán jiū tā yí dìng bú huì ràng nǐ shī wàng de
有研究，它一定不会让你失望的。”

kuò zuǐ ba qīng wā zhǎo le hěn jiǔ cái zài yì tiáo hé li zhǎo dào è yú
阔嘴巴青蛙找了很久，才在一条河里找到鳄鱼。
qīng wā shuō è yú dà wáng qǐng nǐ gào sù wǒ tiān xià nǎ yì zhǒng shí wù cái pèi wǒ chī
青蛙说：“鳄鱼大王，请你告诉我，天下哪一种食物才配我吃
a è yú tīng wán hòu dà xiào zhe shuō wǒ zuì ài chī niú yáng kě wǒ yě ài chī yì zhī kuò
啊。”鳄鱼听完后，大笑着说：“我最爱吃牛羊，可我也爱吃一只阔

zuǐ ba qīng wā　è yú shuō zhe　kāi shǐ xiàng qīng wā kào lǒng　qīng wā yòng jìn lì qì táo pǎo　xìng
嘴巴青蛙。”鳄鱼说着，开始向青蛙靠拢。青蛙用尽力气逃跑，幸
kuī tā dòng zuò mǐn jié　zhōng yú táo lí le dà è yú de shì xiàn fàn wéi
亏它动作敏捷，终于逃离了大鳄鱼的视线范围。

zhè shí　tiān yǐ jīng hěn wǎn le　kuò zuǐ ba qīng wā gǎn jué è jí le　tā zuò zài yí kuài
这时，天已经很晚了。阔嘴巴青蛙感觉饿极了，它坐在一块
cháo shī de qīng tái shang　zì yán zì yǔ de shuō　zhè shí hou　yào shì yǒu yì zhī féi pàng de dà chóng
潮湿的青苔上，自言自语地说：“这时候，要是有一只肥胖的大虫
zi huò shì dà wén zi　ràng wǒ tián bǎo dù zi　nà gāi duō hǎo a
子或是大蚊子，让我填饱肚子，那该多好啊！

kuò zuǐ ba qīng wā zhè yàng xiǎng zhe　yǎn jing yě jí qiè
阔嘴巴青蛙这样想着，眼睛也急切
de xiàng sì zhōu kàn qù
地向四周看去。

两栖国王

从前，有一个国王，有两个王后。丹亚沃王后生了一个王子，名叫戈图，国王非常宠爱他，另一个王后雅乌若十分妒忌。

戈图十二岁时，雅乌若王后买通了一个守门人，让他杀死戈图。守门人把戈图带到了一个很远的地方，但又不忍心杀他。于是，他趁戈图睡着时，偷偷走了。

戈图睡醒后，发现守门人不见了，他呼喊了好一阵子，却始终没有人回答。他找不到路回家，只好向树林深处走去。晚上，戈图做了一个梦。梦里有人告诉他，走到一条河边，大声呼喊“卡比尔”，就会有人来帮助他。

dì èr tiān yì zǎo gē tú àn zhàomèngzhōng de zhǐ yǐn zǒu dào le hé biān suí zhe tā de
第二天一早，戈图按照梦中的指引，走到了河边。随着他的
hū hǎn yí ge kě ài de shǎo nǚ cóng shuǐzhōng zǒu chū lái bǎ tā lā dào shuǐzhōng lái dào yí ge
呼喊，一个可爱的少女从水中走出来，把他拉到水中，来到一个
měi lì de chéng shì yuán lái zhè gè míng jiào kǎ bǐ ěr de shǎo nǚ shì shuǐzhōngwáng guó de gōng zhǔ
美丽的城市。原来，这个名叫卡比尔的少女是水中王国的公主。
guó wáng fēi cháng xǐ huān gē tú ràng tā liú zài zhè li shēng huó
国王非常喜欢戈图，让他留在这里生活。

gē tú zài shuǐ xia màn mànzhǎng dà chéng rén hé kǎ bǐ ěr jié le hūn dāngshàng le shuǐzhōng
戈图在水下慢慢长大成人，和卡比尔结了婚，当上了水中
wáng guó de guó wáng kě shì gē tú fēi chángxiǎng
王国的国王。可是，戈图非常想
niàn zì jǐ de fù qīn kǎ
念自己的父亲，卡
bǐ ěr hěn lǐ jiě tā de xīn
比尔很理解他的心
qíng
情。

yú shì tā men qí
于是，他们骑
shàngshén mǎ zài tā ěr biān
上神马，在它耳边
shuō chū le gē tú fù qīn nà
说出了戈图父亲那
gè wáng guó de míng zi shén
个王国的名字，神
mǎ téng kōng fēi qǐ tā men
马腾空飞起。他们
fēi chū le shuǐ miàn fēi shàng
飞出了水面，飞上
le tiān kōng fēi dào le tā
了天空，飞到了他
fù wáng de dū chéng
父王的都城。

tā men zài gōng diàn
他们在宫殿
mén qián jiàng luò xià lái kě
门前降落下来，可
shǒu mén rén bú ràng tā jìn
守门人不让他进
qù zhè shí gē tú kàn
去。这时，戈图看
jiàn yì tiáo lǎo gǒu zǒu dào mén
见一条老狗走到门
kǒu yú shì tā cóngshǒu
口，于是，他从手
shang zhāi xià yì zhī jiè zhi
上摘下一只戒指，
jì zài gǒu bó zi shang ràng
系在狗脖子上，让
tā pǎo jìn guó wáng de wò
它跑进国王的卧
shì guó wáng rèn chū le jiè zhi xià lìng lì kè bǎ gē tú hé
室。国王认出了戒指，下令立刻把戈图和
kǎ bǐ ěr dài dào miàn qián
卡比尔带到面前。

gē tú zhōng yú jiàn dào le guó wáng tā jī dòng de guì zài dì shang jiào dào fù wáng
戈图终于见到了国王。他激动地跪在地上，叫道：“父王！
wǒ jiù shì jiè zhi de zhǔ rén wǒ jiù shì nǐ de ér zi ya jiē zhe gē tú sù shuō le fā shēng
我就是戒指的主人，我就是你的儿子呀！”接着，戈图诉说了发生
de yí qiè yì jiā rén jī dòng de yōng bào zài yì qǐ
的一切，一家人激动地拥抱在一起。

hòu lái yǎ wū ruò wáng hòu hé shǒu mén rén bèi yǒng yuǎn de gǎn chū le wáng gōng gē tú hé kǎ
后来，雅乌若王后和守门人被永远地赶出了王宫。戈图和卡
bǐ ěr zuò le lù dì hé shuǐ zhōng liǎng ge wáng guó de guó wáng hé wáng hòu xìng fú de shēng huó zhe
比尔做了陆地和水中两个王国的国王和王后，幸福地生活着。

科妮莉娅的宝石

jǐ bǎi nián qián yí ge qíng lǎng de zǎo chen zài gǔ luó mǎ chéng de yí zuò huā yuán li yǒu liǎng
几百年前，一个晴朗的早晨，在古罗马城的一座花园里，有两
gè nán hái zhàn zài yí ge liáng tíng shang tā men zhèng zhù shì zhe tā men de mǔ qīn hé mǔ qīn de nǚ
个男孩站在一个凉亭上。他们正注视着他们的母亲和母亲的女
yǒu zài huā cǎo zhōng sàn bù
友在花草中散步。

dì di duì gē ge shuō mā ma de zhè ge nǚ yǒu kě zhēn piào liang a tā zhēn xiàng gè huáng
弟弟对哥哥说：“妈妈的这个女友可真漂亮啊！她真像个皇
hòu gē ge shuō shì de tā hěn piào liang tā
后。”哥哥说：“是的，她很漂亮。她
chuān zhe huá lì de yī fu dàn shì tā
穿着华丽的衣服，但是她
de miàn róng què bìng bù gāo
的面容却并不高
yǎ hé shàn wǒ men
雅、和善。我们
de mā ma bǐ tā piào
的妈妈比她漂
liang mā ma cái xiàng ge
亮，妈妈才像个
huáng hòu ne dì di
皇后呢。”弟弟
shuō duì quán luó mǎ
说：“对，全罗马
de fù nǚ méi yǒu yí
的妇女，没有一
ge bǐ wǒ men de mā ma
个比我们的妈妈
gèng měi lì gèng xiàng
更美丽，更像
huáng hòu le
皇后了。”

zhè shí tā men de mā ma kē nī lì yà cháo tā men zǒu guò lái
这时，他们的妈妈科妮莉娅朝他们走过来。

zhǐ jiàn tā chuān zhe yí jiàn pǔ sù de méi guī sè cháng qún, tā de shǒu zhǐ shang méi yǒu piào liang de jiè zhi, bó zi shang yě méi yǒu fā guāng de xiàng liàn, wéi yī de zhuāng shì jiù shì tā nà pán qǐ de róu ruǎn de zōng sè tóu fa
只见她穿着一件朴素的玫瑰色长裙，她的手指上没有漂亮的戒指，脖子上也没有发光的项链，唯一的装饰就是她那盘起的柔软的棕色头发。

tā shuō hái zi men wǒ yào gào su nǐ men yí jiàn shì qing
她说：“孩子们，我要告诉你们一件事情。”

tā de ér zi xiàng tā jū le yí gè gōng rán hòu wèn mā ma shén me shì qing
她的儿子向她鞠了一个躬，然后问：“妈妈，什么事情？”

mā ma shuō wǎn cān hou wǒ men de péng you yào gěi zán men kàn yì zhī měi miào de zhū bǎo hé nà zhī nǐ men zǎo jiù tīng shuō guò de hé zi
妈妈说：“晚餐后，我们的朋友要给咱们看一只美妙的珠宝盒，那只你们早就听说过的盒子。”

liǎngxiōng dì xiū sè de kàn zhe mǔ qīn de nǚ yǒu xiǎng zhe chú le tā shǒu zhǐ shang càn làn duó
两兄弟羞涩地看着母亲的女友，想着，除了她手指上灿烂夺
mù de jiè zhi chú le tā bó zi shang shǎn shǎn fā guāng de xiàng liàn nán dào tā hái yǒu bié de zhū bǎo
目的戒指，除了她脖子上闪闪发光的项链，难道她还有别的珠宝
ma
吗？

xiōng dì liǎ hé mǔ qīn péi tóng mǔ qīn de nǚ yǒu chī wán wǎn cān hòu mǔ qīn de nǚ yǒu fēn fù
兄弟俩和母亲陪同母亲的女友吃完晚餐后，母亲的女友吩咐
yí ge pú rén bǎ hé zi ná le chū lái rán hòu nà wèi nǚ shì jiù bǎ hé zi dǎ kāi le tiān
一个仆人把盒子拿了出来。然后，那位女士就把盒子打开了。天
a zhè liǎng ge hào qí de hái zi bèi zhū bǎo zhào de yǎn huā liáo luàn nà lǐ mian yǒu yí chuàn chuàn
啊！这两个好奇的孩子被珠宝照得眼花缭乱。那里面有一串串
jié bái rú nǎi guāng huá rú duàn de zhēn zhū yǒu yì duī duī xiàng xióng xióng rán shāo de méi huǒ bān de hóng
洁白如奶、光滑如缎的珍珠；有一堆堆像熊熊燃烧的煤火般的红
bǎo shí yě yǒu xiàng tiān kōng yí yàng wèi lán de
宝石，也有像天空一样蔚蓝的
lán bǎo shí hái yǒu guāng máng yào
蓝宝石，还有光芒耀
yǎn de zuàn shí
眼的钻石。

dì di xiǎo shēng de duì gē
弟弟小声地对哥
ge shuō ài yào shì wǒ men de
哥说：“唉，要是我们的
mā ma yě yǒu zhè me piào liang měi
妈妈也有这么漂亮美
lì de dōng xi nà gāi duō hǎo
丽的东西，那该多好
a gē ge shuō shì a
啊！”哥哥说：“是啊，
yào shì wǒ men de mā ma néng yǒu
要是我们的妈妈能有
zhè yàng de dōng xi duō hǎo a
这样的东西多好啊！”

首饰盒终于被关上了，被仆人小心翼翼地拿走了。

女友问母亲：“科妮莉娅，我总是听见人们说你很穷，是真的吗？你真的没有珠宝吗？”

科妮莉娅微笑着回答说：“不，我并不穷。”说着，她把她的两个儿子拉到怀里，对女友说：“这就是我最好的宝贝，他们比你全部的珠宝更有价值。”

我相信，那两个孩子一生也不会忘记他们妈妈的骄傲、慈爱和关怀。当他们成为了罗马的伟人时，他们常常会想起花园里的这一情景。直到现在，全世界的人们仍然喜欢听“科妮莉娅的宝石”这个故事。

卖灰商巴纳西

巴纳西最喜欢过宰牲节了，因为这一天村子里有钱的人家会宰牛作为供品，那样他就可以吃牛肉了。可村里的人都嫌巴纳西穷，每次都只给他牛头和牛脚。因此，巴纳西决定捉弄一下那些有钱人。

这一年宰牲节过后，巴纳西把啃过的骨头放在火上烧，然后把灰放在袋子里。同时，他还把一个臭牛头也装进了袋子。

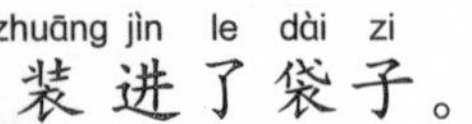

巴纳西背着袋子，来到了一个所有房子的房门都朝北的村庄。他对村长说：“我背的是王子的骨灰，国王如果知道你们不好好安葬他的儿子，会非

常生气的！”村长吓坏了，于是拿出了一袋银元做报酬。

巴纳西背着这袋银元回到了村子，他找到了国王。巴纳西说：“宰牲节以后，我分到了一些牛头和牛脚……”

国王见巴纳西老是不讲袋子里面装的是什么，就生气了，于是拿起标枪扎向袋子。袋子里的银元哗啦啦地流了出来。国王立刻高兴地笑了，便要巴纳西讲这些银元的来历。

巴纳西说：“我把分给我的骨头烧成灰以后，卖给了一个房门都朝北的村子，他们就给了我这一袋银元！”

国王为了弄到更多的银元，马上把全村的人叫来，让他们把村子里所有的牛都杀掉烧成灰，拿去换银元。

村民们把自家的牛杀了，烧成了灰。他们找到了房门都朝西的村子，他们对村长说：“我们是来卖牛骨灰的，一袋灰卖一袋银元！”村长气急了，他马上叫人拿着棍子把他们打跑了。国王知道以后，气得叫人把巴纳西的房子和他母亲一起烧掉了。巴纳西把母亲的尸骨收拾在一起，背走了。

他来到了一个房门朝西的村庄，叫村子里的小孩拿着棍子打他背来的袋子。然后巴纳西进了村子，他边走边喊：“国王母亲的尸骨被孩子们毒打呢！”

村民们被吓坏了，他们情愿拿出跟骨头同样重的一袋子银元作为赔偿。

bā nà xī duì guó wáng shuō wǒ bǎ gǔ huī mài gěi fáng mén dōu cháo xī de cūn zi huàn le zhè
巴纳西对国王说:“我把骨灰卖给房门都朝西的村子,换了这
dài yín yuán guó wáng mìng lìng bǎ quán cūn de lǎo nián fù nǚ shāo sǐ mài gěi fáng mén cháo xī de cūn
袋银元。”国王命令把全村的老年妇女烧死，卖给房门朝西的村
zhǎng jié guǒ mài gǔ huī de nà xiē rén yòu bèi dǎ le huí lái
长,结果卖骨灰的那些人又被打了回来。

guó wáng fēi cháng shēng qì yú shì bǎ bā nà xī zhuāng jìn dài zi yào rēng jìn dà hǎi bā
国王非常生气,于是把巴纳西装进袋子,要扔进大海。巴
nà xī zài dài zi li shuō wǒ jiù yào hé hǎi de gōng zhǔ jié hūn le yí ge guò lù rén yě xiǎng
纳西在袋子里说:“我就要和海的公主结婚了！”一个过路人也想
hé gōng zhǔ jié hūn yú shì tā zuān jìn dài zi yòng yì xiǎo dài zhū bǎo huàn chū le bā nà xī
和公主结婚,于是他钻进袋子,用一小袋珠宝换出了巴纳西。

bā nà xī ná zhe zhū bǎo qù jiàn guó wáng shuō zhè shì hǎi de guó wáng gěi wǒ de lǐ wù
巴纳西拿着珠宝去见国王,说:“这是海的国王给我的礼物！”
tān cái de guó wáng yě xiǎng dé dào
贪财的国王也想得到
zhū bǎo yú shì mìng lìng shì wèi bǎ
珠宝,于是命令侍卫把
tā rēng jìn le hǎi li guó wáng
他扔进了海里。国王
sǐ le yǐ hòu bā nà xī jiù
死了以后，巴纳西就
chéng le xīn guó wáng
成了新国王。

不怕魔鬼的傻子

cóng qián yǒu ge lǎo tóu er tā yǒu liǎng ge ér zi yí ge cōng míng ér lìng yí ge zé bèi
从前有个老头儿，他有两个儿子。一个聪明，而另一个则被
rèn wéi shì gè shǎ zi fù qīn hé gē ge yīn wèi wú fǎ rěn shòu pín qióng suǒ yǐ jīng cháng dǎ shǎ zi
认为是个傻子。父亲和哥哥因为无法忍受贫穷，所以经常打傻子
chū qì qí shí shǎ zi hěn yǒng gǎn shén me dōu bú pà
出气。其实，傻子很勇敢，什么都不怕。

yì tiān gē ge zhuāng chéng guǐ xiǎng xià hu shǎ zi ràng tā zhī dào shén me shì kǒng jù kě shǎ
一天，哥哥装成鬼想吓唬傻子，让他知道什么是恐惧，可傻
zi bìng bú hài pà hái dǎ le zhuāng chéng guǐ de gē ge gē ge shēng qì de wèn dì di wèi shén me
子并不害怕，还打了装成鬼的哥哥。哥哥生气地问弟弟为什么
dǎ tā shǎ zi huí dá shuō wǒ yǐ wéi shì guǐ dǎng zhù le wǒ de lù gē ge zhè quán guài nǐ zì
打他，傻子回答说："我以为是鬼挡住了我的路，哥哥，这全怪你自
jǐ a
己啊。"

gē ge huí jiā gào su fù qīn shuō
哥哥回家告诉父亲，说
dì di dǎ le tā fù qīn tīng le hěn shēng
弟弟打了他，父亲听了很生
qì tā gěi le shǎ zi yí ge dài zi
气。他给了傻子一个袋子，
bǎ tā gǎn chū le jiā mén
把他赶出了家门。

shǎ zi bēi zhe dài zi lái
傻子背着袋子来
dào yí ge cūn zhuāng tā zǒu jìn
到一个村庄。他走进
yì jiā xiǎo jiǔ diàn chī dōng xi
一家小酒店吃东西，
lǎo bǎn wèn tā shì shén me rén
老板问他是什么人，
shǎ zi huí dá shuō wǒ qù xún
傻子回答说："我去寻

zhǎo mó guǐ
找魔鬼。”
lǎo bǎn shuō
老板说：
zhè lǐ méi
“这里，没
yǒu mó guǐ
有魔鬼，
dàn shì yǒu yí
但是有一
zuò zhuāngyuán
座庄园。
lǐ miàn bú zhù
里面不住
rén jīng cháng
人，经常
yǒu xià rén de
有吓人的
dōng xi chū xiàn
东西出现，
hái xià sǐ guò rén
还吓死过人。”

shǎ zi xiàng lǎo bǎn jiè le xiē mài zi hé tǔ dòu zhuāng jìn dài zi li ràng lǎo bǎn dài tā qù
傻子向老板借了些麦子和土豆，装进袋子里，让老板带他去
nà ge kě pà de zhuāngyuán lǎo bǎn bǎ tā dài jìn zhuāngyuán de chú fáng hòu jiù mǎ shàng pǎo le
那个可怕的庄园。老板把他带进庄园的厨房后，就马上跑了。

shǎ zi kāi shǐ zài chú fáng li zhǔ fàn zhè shí yān cōng li yǒu rén hǎn wǒ fēi lái
傻子开始在厨房里煮饭。这时，烟囱里有人喊：“我飞——来
le shǎ zi shēng qì de shuō bié fēi xià lái huì bǎ wǒ de huǒ nòng miè de wǒ de zhōu hái méi
了。”傻子生气地说：“别飞下来，会把我的火弄灭的，我的粥还没
zhǔ hǎo ne
煮好呢。”

dàn shì yān cōng li diào xià yí ge zhuāng jia hàn de xià bàn shēn shǎ zi yì diǎn yě bú hài pà
但是烟囱里掉下一个庄稼汉的下半身。傻子一点也不害怕。

他把这个人拖出来，扔到厨房里，然后继续煮粥。

一会儿，烟囱里又有人喊：“我飞——来了。”并且掉了一个庄稼汉的上半身下来。傻子又把这一半庄稼汉扔进了厨房。傻子煮好了粥，坐下来吃晚饭。

这个时候，他看见一个庄稼汉站在厨房里，可傻子并没有害怕。

傻子说：“请坐，一起吃晚饭吧。”魔鬼拒绝了。傻子就把粥全吃完了。魔鬼要和傻子比力气，傻子同意了，然后，傻子抓住魔鬼往地上摔，打得魔鬼直求饶。傻子放开了魔鬼。

mó guǐ zhàn qǐ lái
魔鬼站起来
shuō nǐ jiě jiù le wǒ
说："你解救了我，
nǐ jiāng dé dào xìng fú cóng
你将得到幸福。从
qián wǒ shì zhè ge zhuāng yuán
前我是这个庄园
de lǎo ye wǒ huó zhe shi
的老爷，我活着时，
bǎ yí ge zhuāng jia hàn jù
把一个庄稼汉锯
chéng le liǎng bàn suǒ yǐ wǒ
成了两半。所以我
sǐ hòu mó guǐ yě bǎ wǒ
死后，魔鬼也把我
jù chéng liǎng bàn chú fēi yǒu yí ge
锯成两半。除非有一个
xiàng nǐ zhè yàng dà dǎn de rén lái dǎ bài wǒ
像你这样大胆的人来打败我，
wǒ de tòng kǔ cái néng jiě tuō xiàn zài zhè ge zhuāng yuán hé dì xià shì de qián dōu shǔ yú nǐ le
我的痛苦才能解脱。现在，这个庄园和地下室的钱都属于你了。"

shǎ zi cóng lú zi li qǔ le yí kuài hái rán zhe de pī chái tā men lái dào dì xià shì nà
傻子从炉子里取了一块还燃着的劈柴，他们来到地下室，那
li yǒu shí jǐ ge yuán mù tǒng dōu zhuāng mǎn le qián
里有十几个圆木桶，都装满了钱。

mó guǐ yòu shuō nǐ bǎ qián ná yí fèn gěi wǒ de qīn rén yí fèn gěi nǐ zì jǐ shuō wán
魔鬼又说："你把钱拿一份给我的亲人，一份给你自己。"说完
jiù xiāo shī le
就消失了。

shǎ zi bǎ qián fēn gěi le qióng kǔ de rén men hái bǎ fù qīn jiē lái yì qǐ guò zhe xìng fú
傻子把钱分给了穷苦的人们，还把父亲接来，一起过着幸福
de shēng huó
的生活。

忠实的朋友

yì tiān zǎo chen lǎo hé shǔ yā mā ma méi huā què zài yì qǐ liáo tiān
一天早晨，老河鼠、鸭妈妈、梅花雀在一起聊天。

méi huā què shuō nǐ men rèn wéi yí ge zhōng shí péng you de zé rèn shì shén me ne yā
梅花雀说：“你们认为一个忠实朋友的责任是什么呢？”鸭
mā ma shuō zhè zhèng shì wǒ xiǎng zhī dào de hé shǔ shuō zhè wèn tí wèn de duō bèn wǒ kěn
妈妈说：“这正是我想知道的。”河鼠说：“这问题问得多笨！我肯
dìng wǒ zhōng shí de péng you duì wǒ shì zhōng shí de
定我忠实的朋友对我是忠实的。”

méi huā què shuō nà me nǐ yòu yòng shén me bào dá nǐ de péng you ne hé shǔ huí
梅花雀说：“那么你又用什么报答你的朋友呢？”。河鼠回
dá wǒ bù míng bai nǐ de yì
答：“我不明白你的意
si méi huā què shuō nà wǒ
思。”梅花雀说：“那我
gěi nǐ jiǎng yí ge zhè fāng miàn de
给你讲一个这方面的
gù shi ba hé shǔ wèn shì
故事吧。”河鼠问：“是
guān yú wǒ de gù shi ma wǒ
关于我的故事吗？我
hěn yuàn yì tīng yīn wèi wǒ tè
很愿意听，因为我特
bié xǐ huān tīng gù shi
别喜欢听故事。”

tā yě shì hé nǐ
“它也适合你。”
méi huā què huí dá tā gěi tā
梅花雀回答。它给它
men jiǎng qǐ le nà ge jiào zhōng
们讲起了那个叫《忠
shí de péng you de gù shi
实的朋友》的故事。

梅花雀说："很久很久以前，有一个诚实的小伙子，名叫汉斯。他的心肠很好。他独自一人住在小村舍里，每天都在自己的花园里干活。小汉斯有许多朋友，但是最忠实的朋友只有磨坊主。磨坊主常常摘走他的花，还对小汉斯说，'真正的朋友应该共享一切。'但有钱的磨坊主从来没有给过小汉斯任何东西作为回报。

就这样，小汉斯一直在花园中干活。冬天一到，他没有水果和鲜花拿到市场上去卖，就要过饥寒交迫的日子，还常常吃不上晚饭，只吃点干梨和核桃就上床睡觉了。可这时候，磨坊主从来不会去看望他。"

"冬天刚一过去，磨坊主就带着装花朵的大篮子去看小汉斯。磨坊主说："我愿意把我

的小推车送给你，因为我认为对朋友就要慷慨些。”汉斯听了他的话，觉得十分感动，因此送了他一大篮子花。

第二天，磨坊主要汉斯帮他背袋面粉到集市上去。于是，汉斯立刻跑进小屋去取了帽子，然后扛上那一大袋面粉，步履艰难地朝集市走去。

第三天，磨坊主又要汉斯帮他修补一下仓房顶。

第四天，磨坊主又要汉斯替他放一天羊。

就这样，小汉斯不停地为磨坊主干活，但他始终都没得到那辆小推车。

“有一天晚上，小汉斯正坐在炉旁烤火，忽然传来了敲门声。原来磨坊主儿

zi de tuǐ shuāiduàn le tā yào
子的腿摔断了，他要
hàn sī bāng tā qù qǐng yī shēng
汉斯帮他去请医生。

xiǎo hàn sī zài bào fēng xuě
小汉斯在暴风雪
zhōng zǒu le sān gè zhōng tóu lái
中走了三个钟头，来
dào le yī shēng de wū qián yī
到了医生的屋前。医
shēng qí shàng mǎ cháo mò fáng zhǔ
生骑上马，朝磨坊主
de jiā bēn qù xiǎo hàn sī zé
的家奔去，小汉斯则
gēn zài hòu tou rán ér fēng
跟在后头。然而，风
bào yuè lái yuè dà xiǎo hàn sī
暴越来越大，小汉斯
mí le lù diào dào shuǐkēng li
迷了路，掉到水坑里
gěi yān sǐ le
给淹死了。

hàn sī xià zàng de shí hou mò fáng zhǔ chuān zhe hēi sè de cháng páo zǒu zài sòngzàng duì wǔ de
汉斯下葬的时候，磨坊主穿着黑色的长袍走在送葬队伍的
zuì qián bian hái yòngshǒu pà mǒ yǎn lèi
最前边，还用手帕抹眼泪。

mò fáng zhǔ duì lín jū shuō wǒ yì zhí yào sòng gěi hàn sī de tuī chē xiàn zài gāi zěn me chǔ
磨坊主对邻居说：“我一直要送给汉斯的推车，现在该怎么处
lǐ tā ne tā yǐ jīng pò làn bù kān le fàng zài wǒ jiā li zhēn shì ge má fan wǒ jīn hòu yào
理它呢？它已经破烂不堪了，放在我家里真是个麻烦。我今后要
liú xīn bú zài sòng rén rèn hé dōng xi yīn wèi dà fang zǒng ràng rén chī kǔ tóu
留心不再送人任何东西，因为大方总让人吃苦头。”

梦想成为一只鸟的小熊

dà sēn lín li yǒu yì zhī kě ài de xiǎo xióng tā yì zhí xī wàng zì jǐ shì yì zhī xiǎo niǎo
大森林里，有一只可爱的小熊，它一直希望自己是一只小鸟。

yì tiān xiǎo xióng kàn jiàn jǐ zhī xiǎo niǎo gāo gāo de zhàn zài yì kē shù shang biàn shuō nǐ men hǎo wǒ yě shì xiǎo niǎo
一天，小熊看见几只小鸟高高地站在一棵树上，便说：“你们好，我也是小鸟！”

nà jǐ zhī xiǎo niǎo cháo xiào tā shuō nǐ bú shì niǎo niǎo de zuǐ ba shì jiān jiān de
那几只小鸟嘲笑它说：“你不是鸟，鸟的嘴巴是尖尖的！”

xiǎo xióng mō le mō zì jǐ de zuǐ ba zǒu jìn le sēn lín zài shù lín li tā kàn jiàn le yì gēn wān qū de mù tou yú shì bǎ tā jì zài zuǐ shang rán hòu yòu huí dào shù xia
小熊摸了摸自己的嘴巴，走进了森林。在树林里，它看见了一根弯曲的木头，于是把它系在嘴上，然后又回到树下。

xiǎo xióng gāo xìng de shuō wǒ yǒu yí ge jiān jiān de zuǐ le
小熊高兴地说：“我有一个尖尖的嘴了！”

xiǎo niǎo men xiào le xiào shuō nǐ réng rán bú shì niǎo niǎo yīng gāi yǒu yǔ máo
小鸟们笑了笑，说：“你仍然不是鸟，鸟应该有羽毛。”

xiǎo xióng yòu pǎo dào le yí ge yǎng jī chǎng zài nà li tā jiǎn le xǔ duō jī máo rán hòu chā zài shēn shang tā yòu pǎo huí le shù xia
小熊又跑到了一个养鸡场，在那里，它捡了许多鸡毛，然后插在身上。它又跑回了树下。

xiǎo xióng shuō　wǒ yě yǒu yǔ máo le　wǒ shì yì zhī xiǎo niǎo
小熊说："我也有羽毛了，我是一只小鸟！"

nà xiē niǎo yòu xiào zhe shuō　nǐ bú shì yì zhī niǎo　nán dào nǐ bù zhī dào niǎo shì huì chàng
那些鸟又笑着说："你不是一只鸟，难道你不知道鸟是会唱
gē de ma
歌的吗？"

xiǎo xióng gǎn dào nán guò jí le　tā tū rán xiǎng qǐ sēn lín zhōng de xiǎo mù wū li zhù zhe yí
小熊感到难过极了，它突然想起森林中的小木屋里住着一
wèi yīn yuè jiào shī　yú shì tā lái dào xiǎo mù wū qián
位音乐教师，于是它来到小木屋前，
qiāo xiǎng le mén
敲响了门。

xiǎo xióng duì jiào shī shuō　qīn ài de xiān
小熊对教师说："亲爱的先
sheng　qǐng nǐ jiāo wǒ chàng gē ba　yīn yuè
生，请你教我唱歌吧！"音乐
lǎo shī shuō　wǒ yuàn yì jiāo nǐ
老师说："我愿意教你，
nǐ gēn zhe wǒ yì qǐ chàng ba
你跟着我一起唱吧！"

xiǎo xióng yí biàn yòu yí
小熊一遍又一
biàn de liàn xí zhe　zhěng zhěng yí
遍地练习着，整整一
gè xīng qī dōu méi yǒu tíng guò
个星期都没有停过，
rán hòu tā yòu lái dào le dà shù
然后它又来到了大树
dǐ xia
底下。

xiǎo xióng shuō　wǒ huì
小熊说："我会
chàng gē le　rán hòu　tā zhāng
唱歌了。"然后，它张

kāi zuǐ chàng le qǐ lái xiǎo niǎo shuō nǐ de gē shēng tài nán tīng ér qiě nǐ yě bú huì fēi
开嘴唱了起来。小鸟说：“你的歌声太难听，而且你也不会飞！”

xiǎo xióng pá dào le yí kuài gāo gāo de shí tou shang dāng tā zhàn zài shí tou shang de shí hou jué de shí fēn hài pà tā xiǎng rú guǒ wǒ bì shàng yǎn shén me yě bù xiǎng jiù bú huì hài pà le xiǎng dào zhè er tā bì shàng yǎn jing tái qǐ liǎng tiáo tuǐ xiàng yán shí xià tiào qù zhǐ tīng bā de yì shēng xiǎo xióng jiē jie shí shi de shuāi zài le dì shang
小熊爬到了一块高高的石头上，当它站在石头上的时候，觉得十分害怕。它想：“如果我闭上眼，什么也不想，就不会害怕了！”想到这儿，它闭上眼睛，抬起两条腿，向岩石下跳去。只听“叭”的一声，小熊结结实实地摔在了地上！

xiǎo xióng tòng kǔ de pā zài dì shang lèi shuǐ wú shēng de liú le chū lái tā de jiān zuǐ diào le shēnshang de yǔ máo yě sàn kāi le
小熊痛苦地趴在地上，泪水无声地流了出来。它的尖嘴掉了，身上的羽毛也散开了。

dà shù shang de xiǎo niǎo kāi xīn jí le hā hā dà xiào qǐ lái suí hòu tā men fēi zǒu le
大树上的小鸟开心极了，哈哈大笑起来，随后它们飞走了。

xiǎo xióng cóng dì shang zhàn le qǐ lái pāi le pāi shēnshang de tǔ yì qué yì guǎi de pǎo chū le dà sēn lín xiàn zài tā hún shēn dōu téng de lì hài xīn li yě fēi cháng nán guò
小熊从地上站了起来，拍了拍身上的土，一瘸一拐地跑出了大森林。现在，它浑身都疼得厉害，心里也非常难过。

zhè shí tā kàn jiàn yì zhī hé tā yì mú yí yàng de hēi xióng cóng sēn lín li zǒu guò lái
这时，它看见一只和它一模一样的黑熊从森林里走过来。

nǐ hǎo nà zhī hēi xióng xiàng tā dǎ zhāo hu xiǎo xióng xiǎng tā kě bǐ xiǎo niǎo kàn qǐ lái shùn yǎn duō le ér qiě duì wǒ zhè me hǎo
“你好！”那只黑熊向它打招呼。小熊想：“它可比小鸟看起来顺眼多了，而且对我这么好！”

hēi xióng shuō wǒ qǐng nǐ chī hǎo dōng xi tā men yì qǐ lái dào le yì kē dà shù xia tā duì xiǎo xióng shuō gēn zhe wǒ shuō wán tā jiù pá shàng le dà shù xiǎo xióng yě gēn zhe pá le shàng qù dà shù shang yǒu yí ge fēng wō lǐ miàn zhuāng mǎn le xiāng tián de fēng mì
黑熊说：“我请你吃好东西。”它们一起来到了一棵大树下。它对小熊说：“跟着我！”说完，它就爬上了大树，小熊也跟着爬了上去。大树上有一个蜂窝，里面装满了香甜的蜂蜜。

xiǎo xióng tiǎn le yì kǒu fēng mì jīng xǐ de shuō zhè gè dōng xi tài hǎo chī le tā yí miàn shuō yí miàn shēn chū zhuǎ zi zài fēng wō li zhàn mì chī
小熊舔了一口蜂蜜，惊喜地说：“这个东西太好吃了！”它一面说，一面伸出爪子在蜂窝里蘸蜜吃。

xiǎo xióng shuō wǒ zhēn qìng xìng zì jǐ hái shì yì zhī xiǎo xióng xiàn zài shuí hái xiǎng chéng wéi yì zhī niǎo ne
小熊说：“我真庆幸自己还是一只小熊，现在谁还想成为一只鸟呢？”

狼外婆

cóngqián zài yí ge cūnzhuāng li zhù zhe yí ge lǎo pó po yì tiān tā tīngshuō nǚ ér nǚ
从前，在一个村庄里住着一个老婆婆。一天，她听说女儿女
xù dōu chū mén le jiā li zhǐ shèng le sān ge wài sūn nǚ tā jiù kuà zhe lán zi qù kàn wài sūn
婿都出门了，家里只剩了三个外孙女。她就挎着篮子，去看外孙
nǚ
女。

lǎo pó po zǒu dào shān pō shang hěn lèi jiù kàn zhe yuǎn chù de yì kē dà zǎo shù páng nǚ ér
老婆婆走到山坡上，很累，就看着远处的一棵大枣树旁女儿
de jiā kào zài yì kē xiǎo shù páng xiē xi zhè shí yì zhī dà huī láng zǒu lái wèn tā lǎo pó
的家，靠在一棵小树旁歇息。这时，一只大灰狼走来，问她：“老婆
po nǐ yào qù nǎ li a
婆，你要去哪里啊？”

lǎo pó po shuō wǒ qù kàn wǒ wài sūn
老婆婆说：“我去看我外孙
nǚ tā men de bà ba mā ma bú zài jiā wǒ
女，她们的爸爸妈妈不在家，我
qù zhào gù tā men
去照顾她们。”

dà huī láng yòu wèn nǐ wài sūn nǚ zhù zài nǎ li ya dōu jiào shén me míng zi a
大灰狼又问：“你外孙女住在哪里呀？都叫什么名字啊？”

lǎo pó po shuō dà de
老婆婆说：“大的

叫门搭儿，二的叫门鼻儿，小的叫炊帚骨朵儿。她们就住在前面枣树旁的院子里。”

刚说完，大灰狼就把老婆婆吃了。然后它装成老婆婆的样子，挎着篮子，去老婆婆的外孙女家了。

到了门口，大灰狼学着老婆婆的声音叫门：“孙女们，外婆来了，快来开门啊。”

三姐妹听见是外婆的声音，就让大灰狼进来了。

天黑了，大家上床睡觉，老三的脚碰到大灰狼的尾巴，就问：“外婆，这毛茸茸的东西是什么啊？”大灰狼说：“哦，那是我给你们带来的一团麻。”

三姐妹心里开始怀疑了。半夜里，老大说要解手，悄悄拿了井

shéng chū qù le guò le yí huì er lǎo èr lǎo sān yě xué tā de yàng bǎ yóu píng tí chū qù le
绳出去了。过了一会儿，老二老三也学她的样，把油瓶提出去了。

tā men pá shàng dà zǎo shù yòng shéng zi bǎ yóu píng lā shàng qù zài shù gàn shang dào le yóu
她们爬上大枣树，用绳子把油瓶拉上去，在树干上倒了油。

dà huī láng jiàn wài sūn nǚ lǎo bù huí lái jiù chū lái le kàn jiàn tā men zài shù shang wèn tā men zài zuò shén me mén dā er shuō kuài lái kàn dōng cūn zài qǔ xí fu dà huī láng hěn xiǎng chī
大灰狼见外孙女老不回来，就出来了，看见她们在树上，问她们在做什么。门搭儿说：“快来看，东村在娶媳妇。”大灰狼很想吃

diào tā men jiù wǎng shù shang pá dàn shì shù gàn shang yǒu yóu pá bú shàng qù tā jiù shuō nǐ men lā wǒ shàng qù ba
掉她们，就往树上爬。但是，树干上有油，爬不上去，它就说：“你们拉我上去吧。”

mén dā er bǎ jǐng shéng rēng xià lái ràng dà huī láng bǎng zài yāo shang rán hòu sān jiě mèi yì qǐ wǎng shàng lā kuài yào lā dào de shí hou dà jiā yì qǐ sōng kāi le shǒu dà huī láng pū tōng yì shēng shuāi zài dì shang bú dòng le
门搭儿把井绳扔下来，让大灰狼绑在腰上。然后三姐妹一起往上拉，快要拉到的时候，大家一起松开了手，大灰狼扑通一声摔在地上，不动了。

tiān liàng le sān jiě mèi cóng shù shang xià lái yí kàn mào chōng wài pó de dà huī láng zǎo jiù shuāi sǐ le
天亮了，三姐妹从树上下来一看，冒充外婆的大灰狼早就摔死了。

打鱼人和他的灵魂

每天晚上，年轻的渔夫都要出海去打鱼。有一天，他网到了一个美丽的小美人鱼。小美人鱼说：“我求求你放了我。”渔夫说：“我不会放你走的，除非你答应我不论我什么时候叫你，你都要来为我唱歌。”美人鱼答应了渔夫的要求。

从此以后，只要渔夫出门打鱼，美人鱼便从海水中冒出来，为他唱歌。渔夫渐渐爱上了美人鱼。有一天，他对她说：“小美人鱼，让我做你的新郎吧。”美人鱼却摇摇头说：“你有一个人的灵魂，而我们美人鱼家族是没有灵魂的。如果你肯送走你的灵魂，那么我就能和你在一起。”

为了送走灵魂，渔夫找到了女巫，女巫用她的手抚摩着他的头发，说：“你只要和我跳舞，我就送你一把可以割掉灵魂的魔刀。”渔夫同意了她的要求。这时，他的灵魂对他说：“如果你真要赶我走的话，你得先送给我一颗心。”他摇了摇头，笑着说：“如果我把我的心给了你，那么我拿什么去爱我的小人鱼呢？”

渔夫用魔刀把他的灵魂割掉了，灵魂对渔夫说：“虽然你不要我了，但是以后我每年都来这儿一次，也许你会有需要我的时候。”渔夫没等他说完就已经跳到了海里，现在他终于可以和美人鱼在一起了。

过了一年，灵魂回到了海滩，渔夫蹲在

浅海里，静静地听灵魂讲话。灵魂说：“我得到了智慧之镜，如果我能回到你的身体内，你就会比所有人都要聪明。”然而渔夫却说：“爱情比智慧更好。”渔夫说完，便沉入海底，灵魂哭泣着走了。

第二年，灵魂用财富诱惑渔夫，但渔夫说：“爱情比财富更好。”

第三年，灵魂又来到了海边，对渔夫说：“有一个美丽的女孩，她愿意和你一起跳舞！”

渔夫听了灵魂的这番话，想起了小美人鱼因为没有脚，不能跟他跳舞的情形，于是和灵魂一起去找那个女孩了。

一路上，他的灵魂不停地引诱他做坏事，渔夫终于明白在这三年的时间里，没有心的灵魂已经变得邪恶了。于是他又回到了大海边，每天呼唤着美人鱼，然而她并没有来会他。

第二年，渔夫看见了海滩上美人鱼的身体。她已经死去了。渔夫伤心地说：“爱情比智慧更好，比财富更宝贵，比人类女孩的脚更珍贵。我离开你是错了，但是你的爱始终伴着我。现在你已经死了，因此我一定要跟你一起去死。”就这样，涨潮的海水无情地接近着渔夫，渔夫抱着他心爱的美人鱼死在了沙滩上……

国王和小偷

lǎo guó wáng sǐ le
老国王死了，
guó wáng de ér zi jué de shí
国王的儿子觉得十
fēn shāng xīn yú shì bǎ zì
分伤心，于是把自
jǐ zhěng tiān guān zài fáng jiān
己整天关在房间
li zài yě méi yǒu chū mén
里，再也没有出门。

cháo tíng li de dà chén
朝廷里的大臣
jué de guó jiā méi yǒu guó wáng
觉得国家没有国王
zhēn bú xiàngyàng yú shì kāi
真不像样，于是开
shǐ tǎo lùn ràng zǎi xiàng jiē rèn
始讨论让宰相接任
guó wáng tǒng zhì zhè ge guó jiā zǎi xiàngshuō qǔ
国王，统治这个国家。宰相说：“取
dài xīn guó wáng de wèi zhì zhè yàng zuò zhēn de duì bù qǐ lǎo guó wáng dàn shì wèi le rén mín guó
代新国王的位置，这样做真的对不起老国王，但是为了人民、国
jiā yòu zhǐ néng zhè yàng zuò wǒ shí zài xià bù liǎo jué xīn hái shì ràng wǒ men tǎo lùn tǎo lùn ba
家，又只能这样做……我实在下不了决心，还是让我们讨论讨论吧！”

jiù zhè yàngzhěngzhěng yí ge xīng qī dà chénmen měi tiān dōu zài zǎi xiàng jiā kāi tǎo lùn huì
就这样整整一个星期，大臣们每天都在宰相家开讨论会。

wáng zǐ měi tiān dōu dāi zài wū zi li shuí yě bù gǎn xiàng tā huì bào zǎi xiàng kāi huì de shì
王子每天都呆在屋子里，谁也不敢向他汇报宰相开会的事
qing suǒ yǐ yào lì xīn guó wáng qǔ dài tā de shì qing tā yì diǎn yě bù zhī dào
情。所以，要立新国王取代他的事情，他一点也不知道。

yǒu yì tiān wǎnshang guó wáng zěn me yě shuì bù zháo tā jiù pá le qǐ lái zǒu dào gōngdiàn
有一天晚上，国王怎么也睡不着。他就爬了起来，走到宫殿

wài mian tā yù dào le sān ge zhèng zài shāng liáng zěn me tōu dōng xi de xiǎo tōu sān gè xiǎo tōu shuō
外面。他遇到了三个正在商量怎么偷东西的小偷。三个小偷说：
sì ge nǎo dài bǐ sān ge nǎo dài qiáng shuí lái dāng wǒ men de dì sì ge nǎo dài guó wáng zǒu le
“四个脑袋比三个脑袋强，谁来当我们的第四个脑袋？”国王走了
guò qù shuō wǒ lái dāng
过去，说：“我来当！”

guó wáng jiàn yì qù tōu zǎi xiàng jiā yīn wèi tā jiā de qián
国王建议去偷宰相家，因为他家的钱
zuì duō sì ge rén tōu tōu de mō jìn
最多。四个人偷偷地摸进
le zǎi xiàng jiā sān ge xiǎo tōu kāi
了宰相家。三个小偷开
shǐ tōu dōng xi ér guó wáng què zài xián
始偷东西，而国王却在闲
guàng tā fā xiàn le
逛。他发现了
yì zhāng zhǐ shàngmian xiě
一张纸，上面写
zhe bì xū qǔ dài guó
着：“必须取代国
wáng de wèi zhì tā
王的位置！”他
dà chī yì jīng
大吃一惊。

guó wáng zhǎo lái
国王找来
sì gēn yǔ máo chā zài
四根羽毛，插在
dà jiā de tóu shang rán
大家的头上。然
hòu bǎ zāng wù fēn gěi
后，把赃物分给
tā men sān ge rén
他们三个人。

dì èr tiān guó wáng mìng lìng dà chén men bǎ suǒ yǒu de guó mín jù jí zài guǎng chǎng shang
第二天，国王命令大臣们把所有的国民聚集在广场上。

tā hěn kuài jiù fā xiàn le nà sān ge xiǎo tōu yú shì tā mìng lìng wǔ shì men jū bǔ le xiǎo tōu
他很快就发现了那三个小偷，于是他命令武士们拘捕了小偷。

xiǎo tōu men shuō wǒ men yí gòng yǒu sì ge rén nín zhǐ dài bǔ le sān ge zhè tài bù gōng píng le guó wáng ná chū le zì jǐ de nà gēn yǔ máo dà chén hé xiǎo tōu dōu jīng dāi le
小偷们说：“我们一共有四个人，您只逮捕了三个，这太不公平了！”国王拿出了自己的那根羽毛，大臣和小偷都惊呆了！

guó wáng bǎ zuó wǎn de shì qing jiǎng le yí biàn hou fèn nù de shuō wǒ yì zhí yǐ wéi zǎi xiàng hěn zhōng xīn méi xiǎng dào nǐ jìng rán zài bèi hòu móu fǎn zǎi xiàng shuō guó wáng a nán dào nǐ jiù méi yǒu yì diǎn kuì jiù ma rú guǒ bú shì nǐ zhěng tiān bù lǐ guó shì wǒ huì xiǎng qǔ dài nǐ ma
国王把昨晚的事情讲了一遍后，愤怒地说：“我一直以为宰相很忠心，没想到你竟然在背后谋反！”宰相说：“国王啊，难道你就没有一点愧疚吗？如果不是你整天不理国事，我会想取代你吗？”

guó wáng tīng le xiū kuì wàn fēn tā kuān shù le zǎi xiàng bìng qiě cóng cǐ chéng le yí ge hǎo guó wáng
国王听了羞愧万分，他宽恕了宰相，并且从此成了一个好国王。

仙人掌

liè ào nà duō de wū zi hòu mian zhǎng zhe yì kē xiān rén zhǎng zhè kē xiān rén zhǎng zhǎng de bǐ
列奥那多的屋子后面长着一棵仙人掌，这棵仙人掌长得比
liè ào nà duō hái gāo bǐ tā lǎo po de yāo hái yào cū tā yì zhí bù tíng de zhǎng a zhǎng
列奥那多还高，比他老婆的腰还要粗，它一直不停地长啊长。

zhè kē xiān rén zhǎng hěn nán kàn tā yì shēng yě méi yǒu zuò guò yí jiàn yǒu yì yì de shì qing
这棵仙人掌很难看，它一生也没有做过一件有意义的事情。
tā jì méi yǒu lǜ yìn yě jǐ bù chū zhī shuǐ lái lián zuò yí miàn wéi qiáng dōu bù kě yǐ tā hún
它既没有绿荫，也挤不出汁水来，连做一面围墙都不可以。它浑
shēn dài cì méi yǒu rén xǐ huān tā
身带刺，没有人喜欢它。

liè ào nà duō běn lái xiǎng kǎn diào tā kě yòu xiǎng
列奥那多本来想砍掉它，可又想，
kǎn diào zhè kē xiān rén
砍掉这棵仙人
zhǎng yào huā bù shǎo shí
掌要花不少时
jiān hái bù rú yòng zhè
间，还不如用这
shí jiān shuì shàng yí
时间睡上一
jiào
觉。

suǒ yǐ liè ào
所以，列奥
nà duō liú xià le tā
那多留下了它。
jiā li de mǔ jī yǒu
家里的母鸡有
shí huì zài tā xià mian
时会在它下面
zhǎo shí xiǎo shān yáng yǒu
找食，小山羊有

shí huì lái kěn tā de yè piàn bú guò hěn kuài jiù huì zhòu qǐ bí zi bù kěn le
时会来啃它的叶片，不过很快就会皱起鼻子，不啃了。

ér mǔ zhū cóng lái yě bú huì zài tā shēnshang cā yǎng yīn wèi xiān rén zhǎng shēnshang zhǎng mǎn jiān cì
而母猪从来也不会在它身上擦痒，因为仙人掌身上长满尖刺。

xiān rén zhǎng hěn xiǎng néng zuò yì diǎn yǒu yòng de shì qing kě shì tā chú le yuè zhǎng yuè dà yuè zhǎng yuè chǒu hái shì shén me yě bù néng zuò
仙人掌很想能做一点有用的事情，可是它除了越长越大，越长越丑，还是什么也不能做。

jiù zhè yàng guò le hěn jiǔ liè ào nà duō hé xiān rén zhǎng dōu biàn lǎo le yì tiān xiān rén zhǎng wèn mǔ jī wǒ wèi nǐ zuò guò shén me ma mǔ jī zhèng bā kāi ní tǔ zhǎo qiū yǐn hé jiǎ chóng méi gù dé shàng huí dá xiān rén zhǎng yòu wèn shān yáng wǒ bāng guò nǐ men shén me máng ma shān yáng hǎo xiàng méi tīng míng bai xiān rén zhǎng yòu qù wèn mǔ zhū mǔ zhū lǐ yě bù lǐ tā
就这样过了很久，列奥那多和仙人掌都变老了。一天，仙人掌问母鸡：“我为你做过什么吗？”母鸡正扒开泥土找蚯蚓和甲虫，没顾得上回答。仙人掌又问山羊：“我帮过你们什么忙吗？”山羊好像没听明白。仙人掌又去问母猪，母猪理也不理它。

zuì hòu tā wèn le zhǔ rén liè ào nà duō wǒ yì shēng zuò guò yǒu yì yì de shì ma
最后，它问了主人列奥那多："我一生做过有意义的事吗？"

liè ào nà duō dà xiào qǐ lái tā hěn kěn dìng de shuō méi yǒu mǔ jī huì xià dàn shān yáng néng chǎn yáng nǎi hé yáng máo zhū néng gěi wǒ xián ròu ér nǐ shén me yě bù néng gěi wǒ
列奥那多大笑起来，他很肯定地说："没有，母鸡会下蛋，山羊能产羊奶和羊毛，猪能给我咸肉，而你什么也不能给我。"

xiān rén zhǎng zhī dào zhè dōu shì zhēn de tā hái zhī dào zì jǐ yì zhí xiǎng zuò yì diǎn yǒu yì yì de shì
仙人掌知道这都是真的，它还知道自己一直想做一点有意义的事。

kě shì xiàn zài yí qiè dōu yǐ jīng tài chí le yīn wèi tā yǐ jīng gēn liè ào nà duō yí yàng lǎo le ér qiě gēn tā yí yàng hěn kuài jiù huì sǐ qù
可是，现在一切都已经太迟了，因为它已经跟列奥那多一样老了，而且跟他一样，很快就会死去。

xiān rén zhǎng bēi shāng de shuō qīn ài de shàng dì rú guǒ xiàn zài wǒ yǐ jīng lái bù jí zuò yì diǎn hǎo shì de huà qǐng nín ráo shù wǒ ba
仙人掌悲伤地说："亲爱的上帝，如果现在我已经来不及做一点好事的话，请您饶恕我吧。"

tū rán zhè kē nán kàn de xiān rén zhǎng gǎn dào zì jǐ
突然，这棵难看的仙人掌感到自己

shēnshang yǒu yì zhǒng dōng xi zhèng zài
身上有一种东西，正在
huó dòng zhe yào zhǎng chū lái zhè zhǒng
活动着要长出来。这种
gǎn jué tā yǐ qián cóng lái méi yǒu guò
感觉它以前从来没有过。

hěn kuài tā zhǎng chū le yì
很快，它长出了一
gēn xì xì cháng cháng de jīng jīng de
根细细长长的茎，茎的
dǐng bù kāi chū le yì duǒ qí yì de
顶部开出了一朵奇异的
huā liè ào nà duō cóng méi yǒu jiàn
花。列奥那多从没有见
guò zhè me měi lì de huā tā de
过这么美丽的花，他的
huā yuán li yě méi yǒu zhè huā er
花园里也没有。这花儿
de xiāng qì piāo sàn zài kōng qì zhōng
的香气飘散在空气中，，
yuè piāo yuè yuǎn tā kě ài de zī
越飘越远，它可爱的姿
tài gěi liè ào nà duō yì jiā rén dài
态给列奥那多一家人带
lái le huān lè yě gěi xǔ duō wén xùn gǎn lái guānshǎng de péng you dài lái le huān lè
来了欢乐，也给许多闻讯赶来观赏的朋友带来了欢乐。

xiān rén zhǎng jì jīng qí yòu gāo xìng tā shuō ò gǎn xiè shàng dì wǒ zhōng yú zài lín sǐ
仙人掌既惊奇又高兴，它说：“哦，感谢上帝，我终于在临死
zhī qián zuò le yí jiàn yǒu yì yì de shì qing le wǒ kě yǐ ān xīn de sǐ qù le
之前做了一件有意义的事情了，我可以安心地死去了。”

mǔ jī shānyáng hé mǔ zhū dōu dèng dà yǎn jing yì qí jīng yà de kàn zhe tā tā men wéi zhe
母鸡、山羊和母猪都瞪大眼睛，一齐惊讶地看着它，它们围着
zhè kē měi lì de xiān rén zhǎng bù tíng de zhuǎn zhe quān
这棵美丽的仙人掌不停地转着圈。

驴皮

hěn zǎo yǐ qián guó wáng hé wáng hòu yǒu yí ge měi lì de gōng zhǔ tā men shí fēn téng ài
很早以前，国王和王后有一个美丽的公主。他们十分疼爱
tā dàn bù jiǔ yǐ hòu wáng hòu jiù sǐ le
她，但不久以后，王后就死了。

guó wáng fēi cháng nán guò dà chén men wèi le ān wèi tā gěi tā sòng lái le xǔ duō bié de guó
国王非常难过，大臣们为了安慰他，给他送来了许多别的国
jiā gōng zhǔ de huà xiàng xī wàng guó wáng néng zhǎo dào bǐ zì jǐ qī zi gèng měi lì de nǚ rén chóng xīn
家公主的画像，希望国王能找到比自己妻子更美丽的女人重新
jié hūn
结婚。

guó wáng de nǚ ér xiàn zài yǐ jīng zhǎng dà le tā yuè lái yuè xiàng qù shì de mǔ qīn dàn
国王的女儿现在已经长大了，她越来越像去世的母亲。但
cóng nà shí qǐ guó wáng jiù bú tài xǐ huān
从那时起，国王就不太喜欢
tā le bìng qiě hěn kē kè
她了，并且很苛刻
de duì dài tā
地对待她。

gōng zhǔ de jiào mǔ lái
公主的教母来
kàn wàng tā zhī dào le tā
看望她，知道了她
de zāo yù hou jiù shuō
的遭遇后，就说：
hái zi wǒ gěi nǐ yì
“孩子，我给你一
zhāng lǘ pí nǐ chuān shàng
张驴皮，你穿上
tā zǒu ba wǒ zài gěi nǐ
它走吧！我再给你
yì gēn mó zhàng rèn hé shí
一根魔杖，任何时

hou nǐ zhǐ yào yòng tā qiāo jī dì miàn nǐ zhuāng yī fu de xiá zi jiù huì chū xiàn
候，你只要用它敲击地面，你装衣服的匣子就会出现。”

gōng zhǔ bào le bào jiào mǔ zài zì jǐ de liǎn shang tú le hěn duō lú huī rán hòu pī shàng nà
公主抱了抱教母，在自己的脸上涂了很多炉灰，然后披上那
zhāng nán kàn de lǘ pí qiāo qiāo de lí kāi le wánggōng gōng zhǔ zǒu le hěn jiǔ yǐ hòu lái dào le
张难看的驴皮，悄悄地离开了王宫。公主走了很久以后，来到了
lìng yí gè guó jiā nóngchǎng li de nóng fù bǎ tā ān zhì zài jiā li zuò cū huó
另一个国家，农场里的农妇把她安置在家里做粗活。

yǒu yì tiān gōng zhǔ zài shuǐ chí biān dǎ shuǐ tā kàn jiàn shuǐzhōng de zì jǐ yòu chǒu yòu zāng
有一天，公主在水池边打水，她看见水中的自己又丑又脏。
zài xiū xi de shí hou tā tuō xià lǘ pí xǐ le
在休息的时候，她脱下驴皮洗了
gè zǎo rán hòu chuānshàng xiá zi
个澡，然后穿上匣子
li měi lì de yī fu
里美丽的衣服。

yòu dào le gōng zhǔ xiū xi
又到了公主休息
de rì zi tā yòu kāi shǐ qiāo
的日子，她又开始悄
qiāo de dǎ bàn le zhèngqiǎo nà
悄地打扮了。正巧那
tiān wáng zǐ zài nóngchǎng zuò kè
天，王子在农场做客。
tòu guò mén fèng tā kàn jiàn le
透过门缝，他看见了
gōng zhǔ wáng zǐ bèi tā de měi
公主，王子被她的美
lì jīng dāi le
丽惊呆了！

tā wèn zhù
他问：“住
zài nóngchǎng li de nà
在农场里的那

gè nǚ hái shì shuí tā men huí dá tā jiào lǘ pí
个女孩是谁？”他们回答：“她叫驴皮！”

huí dào wánggōng wáng zǐ bìng dǎo le wáng hòu shuō hái zi ya nǐ dào dǐ zěn me le
回到王宫，王子病倒了。王后说：“孩子呀，你到底怎么了？
zhǐ yào néng zhì hǎo nǐ de bìng wǒ men shén me dōu néng tì nǐ zuò wáng zǐ shuō jiào nóngchǎng de
只要能治好你的病，我们什么都能替你做！”王子说：“叫农场的
lǘ pí gū niang gěi wǒ zuò yí ge dàn gāo fǒu zé wǒ de bìng jiù hǎo bù liǎo wáng hòu jí máng bǎ lǘ
驴皮姑娘给我做一个蛋糕，否则我的病就好不了。”王后急忙把驴
pí jiào dào le wánggōng ràng tā wèi wáng zǐ zuò yí ge dàn gāo
皮叫到了王宫，让她为王子做一个蛋糕。

wáng zǐ chī dàn gāo de shí hou fā xiàn dàn
王子吃蛋糕的时候，发现蛋
gāo li cáng zhe yì méi xiǎo xiǎo de jiè zhi yú shì tā
糕里藏着一枚小小的戒指，于是他
shuō wǒ yào qǔ zhè méi jiè zhi de zhǔ
说：“我要娶这枚戒指的主
rén guó wáng hé wáng hòu dōu jué de
人！”国王和王后都觉得
nà méi jiè zhi shí fēn jīng měi nà me
那枚戒指十分精美，那么
tā de zhǔ rén yí dìng shì ge
它的主人一定是个
yǒu qián rén jiā de gū niang
有钱人家的姑娘。
tā men xià lìng quán guó de nǚ
他们下令全国的女
hái dōu lái dài zhè méi jiè zhi
孩都来戴这枚戒指，
shuí dài shàng le wáng zǐ jiù
谁带上了，王子就
hé shuí jié hūn
和谁结婚。

dàn shì quán guó méi yǒu
但是，全国没有

yí ge gū niang dài de liǎo zhè méi jiè zhi wáng zǐ shuō lǘ pí gū niang hái méi yǒu shì guò ne
一个姑娘戴得了这枚戒指。王子说:“驴皮姑娘还没有试过呢。”
pú rén men jí máng bǎ lǘ pí dài le jìn lái
仆人们急忙把驴皮带了进来。

lǘ pí xīn li yì zhí méi yǒu píng jìng xià lái tā zhī dào wáng zǐ zhèng zài zhǎo kě yǐ dài shàng jiè zhi de rén yú shì tā xǐ le zǎo chuān shàng le piào liang de shǎn zhe yín guāng de yī fu guà zhe lǜ bǎo shí hé yè biān de qún zi zuì hòu tā bǎ nà zhāng lǘ pí yě pī zài le shēn shang
驴皮心里一直没有平静下来,她知道王子正在找可以带上戒指的人。于是她洗了澡,穿上了漂亮的闪着银光的衣服,挂着绿宝石荷叶边的裙子。最后,她把那张驴皮也披在了身上。

lǘ pí bǎ jiè zhi dài zài le shǒu zhǐ shang dà xiǎo zhèng hǎo hé shì rán hòu tā bǎ lǘ pí màn màn de tuō le xià qù rén men de miàn qián lì kè chū xiàn le yí wèi guāng cǎi zhào rén de nǚ hái rén men dōu huān hū qǐ lái
驴皮把戒指带在了手指上,大小正好合适!然后,她把驴皮慢慢地脱了下去,人们的面前立刻出现了一位光彩照人的女孩,人们都欢呼起来!

wáng zǐ hěn kuài qǔ le lǘ pí gōng zhǔ zuò xīn niáng tā men hái jǔ bàn le shèng dà de jié hūn yí shì
王子很快娶了驴皮公主做新娘,他们还举办了盛大的结婚仪式。

知了借粮

知了唱了一个夏天，什么事情也不干。蚂蚁却一直在忙忙碌碌地储备着过冬的粮食。知了看见了，就笑话它：“蚂蚁大姐，你太傻，外面的太阳这么晒，你还是赶快把腿歇歇吧！”蚂蚁说：“知了弟弟你不要笑我，你成天无所事事，只知道唱歌，到了冬天，你可怎么办啊？”知了说：“蚂蚁姐姐，你太心急，夏天这么长，等我再唱两天吧。”蚂蚁摇摇头，说：“等到了冬天，你就会后悔的！”知了没有回答，还在一直唱着。

就这样，知了整整唱了一个夏天，蚂

yǐ zhěng zhěng máng le yí
蚁整整忙了一
ge xià tiān
个夏天。

qiū tiān de shí hou
秋天的时候，
tiān jiàn jiàn liáng le zhī liǎo
天渐渐凉了，知了
de shēng yīn yě jiàn jiàn xiǎo
的声音也渐渐小
le tā zhè cái fā xiàn zì
了，它这才发现自
jǐ jiā li yǐ jīng qióng de
己家里已经穷得
méi yǒu mǐ hé miàn děng
没有米和面。等
dào guā qǐ xī běi fēng de
到刮起西北风的
shí hou zhī liǎo de jiā li
时候，知了的家里
méi yǒu yí piàn guò dōng de
没有一片过冬的
liáng shi
粮食。

zhī liǎo è zhe dù
知了饿着肚
zi chū mén le tā yào qù nǎ er ne yuán lái tā yào qù zhǎo mǎ yǐ jiè liáng
子出门了，它要去哪儿呢？原来，它要去找蚂蚁借粮。

zhī liǎo zhǎo dào lǎo lín jū mǎ yǐ shuō mǎ yǐ dà jiě jiè wǒ jǐ lì liáng shi jiù jiu nǐ
知了找到老邻居蚂蚁，说：“蚂蚁大姐，借我几粒粮食，救救你
de péng you ràng wǒ dù guò yǎn qián de jī huāng ba mǎ yǐ shuō nà nǐ shén me shí hou huán wǒ
的朋友，让我度过眼前的饥荒吧！”蚂蚁说：“那你什么时候还我
liáng zhī liǎo dī zhe tóu gǒng zhe shǒu dī shēng xià qì de shuō míng nián bá yuè qián yí dìng dōu
粮？”知了低着头，拱着手，低声下气地说：“明年八月前，一定都

huán qīng běn qián jiā lì xi wǒ yì qǐ huán nǐ jué duì bù shī xìn
还清，本钱加利息，我一起还你，绝对不失信！”

mǎ yǐ hěn xiǎo qì zhè shì tā de xiǎo quē diǎn tā cái bú yuàn yì shē qiàn ne tā bǎn qǐ
蚂蚁很小气，这是它的小缺点，它才不愿意赊欠呢。它板起
miànkǒng wèn zhī liǎo xià tiān de shí hou bái tiān shí jiān cháng wǎnshang shí jiān duǎn nǐ nán dào shén
面孔问知了：“夏天的时候，白天时间长，晚上时间短，你难道什
me yě méi yǒu gàn zhī liǎo shuō bái tiān hé hēi yè wǒ yì zhí zài wèi lù rén chàng gē wǒ
么也没有干？”知了说：“白天和黑夜，我一直在为路人唱歌！我
zhī dào zhè shì er nǐ yě bú zàn chéng xiàn zài xiǎng qǐ lái wǒ yě jué de tài huāngtáng le mǎ yǐ
知道这事儿你也不赞成，现在想起来，我也觉得太荒唐了。”蚂蚁
shuō nǐ chàng gē wǒ xīn
说：“你唱歌，我欣
shǎng hǎo de hěn kě shì nǐ xiàn
赏！好得很，可是你现
zài wèi shén me bú chàng le ne
在为什么不唱了呢？”

zhī liǎo dī zhe tóu shuō
知了低着头，说：
mǎ yǐ jiě jie xià tiān de shí
“蚂蚁姐姐，夏天的时
hou wǒ bù yīng gāi cháo xiào nǐ
候，我不应该嘲笑你，
qǐng nǐ kàn zài wǒ men shì
请你看在我们是
lǎo lín jū de fèn shang
老邻居的份上，
jiè wǒ yì diǎn liáng ba
借我一点粮吧！”

mǎ yǐ dū nang zhe hěn
蚂蚁嘟囔着，很
bù gāo xìng de gěi tā
不高兴地给它
zhuāng le yí dài liáng shi
装了一袋粮食。

dì èr nián chūn tiān mǎ yǐ
第二年春天，蚂蚁
zǎo zǎo de jiù lái dào zhī liǎo jiā
早早地就来到知了家。
mǎ yǐ wèn zhī liǎo dì di nǐ
蚂蚁问：“知了弟弟，你
shén me shí hou huánliáng zhī liǎo
什么时候还粮？”知了
shuō shí jiān hái zǎo shí jiān hái
说：“时间还早，时间还
zǎo wǒ xià tiān zài zhǔn bèi chǔ cáng
早，我夏天再准备储藏
liáng shi mǎ yǐ yáo zhe tóu zǒu le
粮食。”蚂蚁摇着头走了。

xià tiān dào le zhī liǎo yòu
夏天到了，知了又
kāi shǐ chàng gē mǎ yǐ wèn zhī
开始唱歌。蚂蚁问：“知
liǎo dì di nǐ gāi huán wǒ liáng shi
了弟弟，你该还我粮食
le zhī liǎo shuō xià tiān hái
了！”知了说：“夏天还
cháng xià tiān hái cháng míng tiān yě bù
长，夏天还长，明天也不
chí jiù zhè yàng zhī liǎo jīn tiān tuī míng tiān míng
迟。”就这样，知了今天推明天，明
tiān tuō hòu tiān yì zhí dào qiū tiān tā yě méi yǒu huánliáng shi
天拖后天，一直到秋天，它也没有还粮食。

dào le dōng tiān zhī liǎo jiā li yòu xiān bù kāi guō le zhī liǎo yòu zhǔn bèi chū qù jiè liáng
到了冬天，知了家里又掀不开锅了。知了又准备出去借粮。
xiǎo péng you nǐ men shuō mǎ yǐ hái huì jiè gěi tā liáng shi ma
小朋友，你们说，蚂蚁还会借给它粮食吗？

81

狐狸和狼

hěn jiǔ yǐ qián hú li hé láng yì qǐ zhù zài yí ge shāndòng li rì zi guò de jiǔ le
很久以前，狐狸和狼一起住在一个山洞里。日子过得久了，
láng de běn xìng jiù xiǎn lù chū lái tā zhàng zhe zì jǐ qiángzhuàng chángcháng qī fu hú li bìng qiě bǎ
狼的本性就显露出来，它仗着自己强壮，常常欺负狐狸，并且把
hú li dàngchéng le zì jǐ de nú lì yóu yú láng bǐ tā lì hài hěn duō suǒ yǐ hú li zhǐ néng
狐狸当成了自己的奴隶。由于狼比它厉害很多，所以狐狸只能
mò mò rěn shòu zhe
默默忍受着。

yǒu yì tiān hú li wài chū xún zhǎo shí wù tā lái dào le sēn lín biān de yí ge cūn zhuāng
有一天，狐狸外出寻找食物，它来到了森林边的一个村庄
li tā fā xiàn qián mian bù yuǎn chù yǒu yí ge pú táo yuán biàn
里。它发现前面不远处有一个葡萄园，便
xiǎo xīn yì yì de zǒu le guò qù pú táo
小心翼翼地走了过去。葡萄
yuán de wéi qiáng shang yǒu
园的围墙上有
gè liè fèng hú li
个裂缝，狐狸
xiǎng qiáng yǒu liè fèng
想："墙有裂缝，
bì dìng yǒu xiàn jǐng
必定有陷阱！"
xiǎng dào zhè er hú li
想到这儿，狐狸
zhēng dà le yǎn jing jǐng
睁大了眼睛，警
tì de cháo sì zhōu kàn
惕地朝四周看
le kàn zhí dào què dìng
了看，直到确定
méi rén yǐ hòu cái zǒu
没人以后，才走

过去仔细地观察，它终于发现了那道裂缝的秘密。

原来，裂缝下面是个很大的土坑，土坑就是人类用来捕捉动物的陷阱。这个陷阱布置得很巧妙，它的上面还用青草和树枝盖着。

狐狸现在想出来了一个除掉狼的办法，它想把狼骗到陷阱前，然后用葡萄引诱狼掉进这个精心布置的陷阱里，这样就可以不受狼的欺负，从此过上开心的日子了。

想到这条妙计，狐狸迅速地跑回了山洞。它高兴地说：“尊敬的主人，恭喜你以后可以天天吃葡萄了！”狼觉得很奇怪：“为什么？”狐狸急忙说：“我刚从葡萄园回来，听说葡萄园的主人都死了，现在没人看守葡萄园了！”狼一听到有葡

táo kě yǐ chī jiù mǎ shàng cuī cù hú li dài tā qù hú li hé láng yì qǐ lái dào le pú táo
萄可以吃，就马上催促狐狸带它去。狐狸和狼一起来到了葡萄
yuán láng pò bù jí dài de yán zhe nà dào liè fèng zuān le jìn qù zhǐ tīng pū tōng yì shēng láng
园，狼迫不及待地沿着那道裂缝钻了进去。只听“扑通”一声，狼
jiù diào jìn le xiàn jǐng
就掉进了陷阱。

hú li tīng jiàn láng zài xiàn jǐng li dà hǎn jiù mìng yú shì gāo xìng de liú le yǎn lèi
狐狸听见狼在陷阱里大喊救命，于是高兴得流了眼泪。

láng shuō qiú qiu nǐ le qiú qiu nǐ jiù jiu wǒ ba nǐ shì wǒ zhēn zhèng de péng you a
狼说：“求求你了，求求你救救我吧！你是我真正的朋友啊！”

hú li shuō xiàn zài nǐ xiǎng qǐ wǒ shì nǐ de péng you le yǐ qián nǐ qī fu wǒ de shí hou nǐ zěn me cóng lái jiù xiǎng bù qǐ wǒ shì nǐ de péng you ne
狐狸说：“现在你想起我是你的朋友了？以前你欺负我的时候，你怎么从来就想不起我是你的朋友呢？”

láng yòu shuō qīn ài de hú li rú guǒ nǐ jiù le wǒ wǒ yǐ hòu tiān tiān sì hòu nǐ
狼又说：“亲爱的狐狸，如果你救了我，我以后天天伺候你！”

hú li yī rán méi yǒu dā ying láng de qǐng qiú yīn wèi tā hěn qīng chǔ láng de běn xìng
狐狸依然没有答应狼的请求，因为它很清楚狼的本性。

tū rán hú li jiǎo yì huá wěi ba luò dào xiàn jǐng lǐ miàn
突然，狐狸脚一滑，尾巴落到陷阱里面

le láng lì kè yòng lì yì lā hú li yě diào jìn xiàn jǐng li le
了。狼立刻用力一拉，狐狸也掉进陷阱里了。

láng shuō xiàn zài jiù hé wǒ yì qǐ děng sǐ ba wǒ hái méi chī guò hú li ròu ne jīn tiān
狼说：“现在就和我一起等死吧！我还没吃过狐狸肉呢，今天
wǒ kě yào chángchang hú li shuō zhǔ rén wǒ shì gù yì tiào xià lái yíng jiù nǐ de xiàn zài
我可要尝尝！”狐狸说：“主人，我是故意跳下来营救你的，现在
zhǐ yào nǐ bǎ wǒ tuō dào xiàn jǐng shang wǒ lì kè jiù lā nǐ shàng qù
只要你把我托到陷阱上，我立刻就拉你上去！”

láng xiǎng le yì xiǎng tóng yì le hú li de jiàn yì yú shì hú li cǎi zhe láng pá dào le
狼想了一想，同意了狐狸的建议。于是，狐狸踩着狼，爬到了
xiàn jǐng shang
陷阱上。

hú li zài kēng shang gāo xìng
狐狸在坑上高兴
de dà xiào qǐ lái wǒ yào tōng zhī
地大笑起来：“我要通知
pú táo yuán zhǔ le nǐ jiù zài zhè
葡萄园主了！你就在这
li děng sǐ ba
里等死吧！”

pú táo yuán zhǔ bèi
葡萄园主被
jīng dòng le tā men ná zhe
惊动了，他们拿着
wǔ qì dǎ sǐ le láng
武器打死了狼。
ér hú li ná zhe tōu lái
而狐狸拿着偷来
de pú táo gāo gāo xìng xìng
的葡萄，高高兴兴
de pǎo huí le shāndòng
地跑回了山洞。

被盗的王冠

从前，一个国王进山打猎，在树下睡着了，醒来却发现自己的王冠不见了。他非常生气，处死了随行大臣。可他却不知道，真正的盗贼是女妖之王艾尔西娜。

王冠是国王的权力的象征。自从丢了王冠，国王就把自己关在屋里，不见任何人。他的三个儿子非常担心，不知道到底发生了什么事。

三儿子本杰明是国王最疼爱的儿子，国王把丢失王冠的事原原本本地告诉了他。本杰明听完后，说：“只有女妖艾尔西娜才能偷走王冠。就算走遍天涯海角，我也一定要找到她，把王冠找回来。”

běn jié míng tiāo xuǎn le yì pǐ zuì hǎo de mǎ chū fā le
本杰明挑选了一匹最好的马，出发了。

tā lái dào yí ge sān chà lù kǒu kàn jiàn měi gè lù kǒu dōu lì zhe yí kuài shí bēi tā xuǎn zé le dì sān tiáo lù zhè kuài shí bēi shang xiě de shì yǒu qù wú huí
他来到一个三岔路口，看见每个路口都立着一块石碑。他选择了第三条路，这块石碑上写的是：有去无回。

kāi shǐ de yí duàn lù hái hěn chàngtōng kě hòu lái de lù miàn què zài yě bù néng qí mǎ le tā zhǐ hǎo xià mǎ lái bǎ tā shuān zài shù xià zài bù xíng jì xù gǎn lù tā zǒu a zǒu a lái dào yí zuò xiǎo wū qián
开始的一段路还很畅通，可后来的路面却再也不能骑马了。他只好下马来，把它拴在树下，再步行继续赶路。他走啊，走啊，来到一座小屋前。

yí wèi shànliáng de lǎo pó po dǎ kāi mén tīng běn jié míng jiǎng le shì qing de jīng guò jiù bǎ tā lǐng jìn wū li gěi tā ná le chī de dōng xi rán hòu bǎ tā cáng zài chuáng dǐ xia
一位善良的老婆婆打开门，听本杰明讲了事情的经过，就把他领进屋里，给他拿了吃的东西，然后把他藏在床底下。

yuán lái zhè gè lǎo pó po shì dōng běi fēngshén bó lā de mǔ qīn tā dān xīn nǚ ér huí lái huì shā le běn jié míng bìng chī diào tā
原来，这个老婆婆是东北风神博拉的母亲，她担心女儿回来，会杀了本杰明，并吃掉他。

不久，博拉像一阵暴风似的回到家里。她饿坏了，老婆婆先让她吃了个饱，然后把本杰明的事告诉了她，并让她答应不伤害他。

博拉听了以后，让本杰明从床下出来，与他交谈起来。她告诉本杰明，她看见了女妖的床上放着国王的王冠，另外还有两位女王的披肩和金苹果，两位女王被囚禁在一口井里。最后，博拉把女妖的宫殿和那口井的位置，以及进去的方法都告诉了本杰明，还送给他一种可以让人睡着的麻醉药。

本杰明向母女俩千恩万谢后，又继续赶路，一直来到女妖的宫殿。

本杰明用麻醉药让守门人睡着了，然后，他假扮成花匠，一直走进

le nǚ yāo de wò shì tā qīng shǒu qīng jiǎo de ná zǒu le fàng zài chuáng shang de wáng guān yǐ jí nà
了女妖的卧室。他轻手轻脚地拿走了放在床上的王冠，以及那
tiáo pī jiān hé nà zhī jīn píng guǒ rán hòu gǎn jǐn táo chū mén kǒu
条披肩和那只金苹果，然后赶紧逃出门口。

tā yòu lái dào nà kǒu jǐng páng yì zhī mǔ é zhèng wéi zhe jǐng tái dǎ zhuàn tā de chì bǎng
他又来到那口井旁，一只母鹅正围着井台打转。它的翅膀
hěn dà néng zhē yǎn hǎo jǐ ge rén běn jié míng cáng zài é de chì bǎng xià mian suí zhe tā fēi dào
很大，能遮掩好几个人。本杰明藏在鹅的翅膀下面，随着它飞到
le jǐng li
了井里。

liǎng wèi nǚ wáng kàn jiàn
两位女王看见
tā lái jiù zì jǐ fēi cháng gāo
他来救自己，非常高
xìng é dài zhe tā men fēi
兴。鹅带着他们飞
chū kū jǐng yuè guò gāo shān hé
出枯井，越过高山和
shù lín lái dào le běn jié míng
树林，来到了本杰明
shuān mǎ de dì fang běn jié
拴马的地方。本杰
míng dài zhe liǎng wèi nǚ wáng huí
明带着两位女王，回
dào le fù wáng shēn biān
到了父王身边。

guó wáng xīn xǐ ruò kuáng
国王欣喜若狂，
bǎ wáng guān hé wáng wèi chuán gěi
把王冠和王位传给
le běn jié míng
了本杰明。

跳蚤和教授

从前，有一个气球驾驶员，他的氢气球炸了，他不幸身亡。在气球要炸的两分钟前，他把自己的儿子用降落伞放了下来。孩子得救了，他没有受伤。他表现得像一个气球驾驶员，但他却没有气球，他用玩魔术来维持生存。他有能叫自己的肚皮讲话的“腹语术”。他年轻漂亮，留着一撮小胡子，穿着一身整齐的衣服，太太小姐们都被他的外表和法术迷住了。他自称为“教授”。他最想有一个气球。一个年轻女孩被他迷住，跟着他到外国的城市里表演魔术。年轻女孩忠心

地帮他，又表演又卖票。这样过了很长时间，终于有一天，她厌烦了他的魔术，在学到一套法术后跑了。他也感到腻烦了，收入也渐渐地少了，最后只剩下了一只从他太太那继承得来的一笔遗产——一只大跳蚤。他很爱它，教它魔术，教它举枪、放炮，不过那是很小的炮。

教授因有跳蚤而骄傲。他们到过许多城市，见过王子和公主。最后他们只有野人国没有去过了。那里的人要吃人肉，教授认为他们可以到那个地方去发一笔财。于是，他们去了，这个国家的统治者——六岁的小公主非常喜欢跳蚤。她热烈地爱上了它，很疯狂。她不听父母的劝告，总爱把跳蚤放在她的小手中玩

shuǎ xiàn zài nǐ shì yí gè rén hé wǒ yí dào lái tǒng zhì guó jiā bú guò nǐ bì xū tīng wǒ de
耍。“现在你是一个人，和我一道来统治国家，不过你必须听我的
huà bù rán jiù shā le nǐ hé jiào shòu gōng zhǔ wēi xié tiào zǎo shuō
话，不然就杀了你和教授。”公主威胁跳蚤说。

jiào shòu zhù zài yì jiān hěn dà de fáng zi lǐ tā yì zhí zài xiǎng qīng qì qiú de shì tiào zǎo
教授住在一间很大的房子里，他一直在想氢气球的事。跳蚤
suí shí dōu hé gōng zhǔ zài yì qǐ zhè shì gōng zhǔ zuì kuài lè de shí kè tā bú huì ràng tiào zǎo lí
随时都和公主在一起，这是公主最快乐的时刻，她不会让跳蚤离
kāi jiǔ le jiào shòu gǎn dào yàn juàn le tā xiǎng dài shàng tiào zǎo lí kāi yú shì tā xiǎng le
开。久了，教授感到厌倦了，他想带上跳蚤离开。于是，他想了
yí gè bàn fǎ duì gōng zhǔ de fù qīn shuō tā yào zhì yì mén tè bié de dà pào ràng yí qiè niǎo ér
一个办法，对公主的父亲说他要制一门特别的大炮，让一切鸟儿
luò xià lái shí dōu kǎo de hěn xiāng jié guǒ tā ná dào le cái liào què zhì zuò le yí gè qīng qì
落下来时都烤得很香。结果，他拿到了材料却制作了一个氢气
qiú tā hái shuō yào ràng tiào zǎo bāng tā cái néng chéng
球。他还说，要让跳蚤帮他才能成
gōng yú shì tā men yì qǐ chéng zhe qì qiú fēi le
功。于是，他们一起乘着气球飞了
qǐ lái qì qiú yuè shēng yuè gāo shēng dào yún céng zhōng
起来。气球越升越高，升到云层中，
lí kāi le yě rén guó ér yě rén guó de rén hái yì
离开了野人国。而野人国的人还一
zhí zài děng tiào zǎo hé jiào shòu huí lái tā men méi xiǎng
直在等跳蚤和教授回来。他们没想
dào tiào zǎo hé jiào shòu xiàn zài yǐ jīng shì yǒu dì
到跳蚤和教授现在已经是有地
wèi de fù rén le
位的富人了。

魔坊主和穷学生

cóng qián yǒu yí ge qióng xué shēng dǎ suàn huí jiā qù tā zǒu le yì tiān yòu lèi yòu è
从前，有一个穷学生，打算回家去。他走了一天，又累又饿，
shí zài zǒu bú dòng le jiù lái dào yí zuò mò fáng qián mò fáng zhǔ chū qù le zhǐ yǒu tā de qī
实在走不动了，就来到一座磨坊前。磨坊主出去了，只有他的妻
zi zài jiā
子在家。

tā shì yí ge zì sī kè bó de nǚ rén bú yuàn yì jiē dài qióng xué sheng bǎ tā gǎn le
她是一个自私、刻薄的女人，不愿意接待穷学生，把他赶了
chū lái qióng xué sheng zhǐ hǎo zǒu chū lái tǎng zài
出来。穷学生只好走出来，躺在
wū wài de shuǐ gōu biān
屋外的水沟边。

zhè shí tā kàn jiàn yí ge nán
这时，他看见一个男
pú bēi le liǎng tán jiǔ jìn wū fàng zài
仆背了两坛酒进屋，放在
jiǎo luò li yòu kàn jiàn yí ge nǚ pú
角落里；又看见一个女仆
bǎ yí dà kuài xiāng pēn pēn de dàn gāo
把一大块香喷喷的蛋糕
fàng jìn chú guì hái cóng kǎo ròu jià shang
放进橱柜，还从烤肉架上
qǔ xià yí kuài zhèng dī zhe yóu de kǎo
取下一块正滴着油的烤
zhū ròu rán hòu yí ge pàng de xiàng
猪肉。然后，一个胖得像
zhū yí yàng de nǚ rén cóng lín
猪一样的女人从邻
wū zǒu chū lái jìn le mò fáng
屋走出来，进了磨坊
zhǔ de jiā
主的家。

qióng xué sheng xīn xiǎng zhè liǎng ge nǚ rén yào dà chī yí dùn le
穷学生心想，这两个女人要大吃一顿了。

méi guò duō jiǔ shàn liáng de mò fáng zhǔ qí zhe mǎ huí lái le tā kàn jiàn qióng xué sheng tǎng
没过多久，善良的磨坊主骑着马回来了。他看见穷学生躺
zài nà er jiù rè qíng de yāo qǐng tā dào zì jǐ jiā li qù mó fáng zhǔ de qī zi tīng jiàn zhàng fu
在那儿，就热情地邀请他到自己家里去。磨坊主的妻子听见丈夫
huí lái le gǎn jǐn ràng pàng lín jū cáng dào niú lán li bǎ chī de dōng xi quán dōu shōu qǐ lái rán hòu
回来了，赶紧让胖邻居藏到牛栏里，把吃的东西全都收起来，然后
cái dǎ kāi mén
才打开门。

mò fáng zhǔ ràng qī zi ná xiē chī de dōng xi lái zhāo dài kè rén kě tā qī zi què shuō
磨坊主让妻子拿些吃的东西来招待客人，可他妻子却说：
zhēn bù qiǎo jiā li lián yí piàn miàn bāo yě méi yǒu le mò fáng zhǔ jiù ràng tā gǎn kuài gěi tā men suí biàn zuò diǎn chī de
“真不巧，家里连一片面包也没有了。”磨坊主就让她赶快给他们随便做点吃的。

rán hòu zài fàn zuò hǎo zhī qián mò fáng zhǔ qǐng xué sheng gěi tā jiǎng gù shi tīng xué sheng shuō wǒ bú huì jiǎng gù shi bú guò wǒ dào kě yǐ gěi nǐ
然后，在饭做好之前，磨坊主请学生给他讲故事听。学生说：“我不会讲故事。不过，我倒可以给你

jiǎngjiǎng lù shangpèng dào de yì xiē yòu yǒu qù yòu qí guài de shì qing
讲讲路上碰到的一些又有趣又奇怪的事情。”

yú shì qióng xué sheng kāi shǐ jiǎng tā de gù shi tā shuō jīn tiān wǒ kàn jiàn yí dà qún
于是，穷学生开始讲他的故事。他说：“今天我看见一大群

zhū lǐng tóu de nà tóu zhū yuán gǔn gǔn de gāng cái nǐ jiā nǚ pú kǎo hǎo de nà kuài zhū ròu yě
猪，领头的那头猪圆滚滚的。刚才你家女仆烤好的那块猪肉，也

xǔ jiù shì cóng nà tóu zhū shēnshang gē xià lái de ne
许就是从那头猪身上割下来的呢。”

mò fáng zhǔ shēng qì de wèn qī zi zhēn yǒu kǎo zhū ròu qī zi jí
磨坊主生气地问妻子：“真有烤猪肉？”妻子急

mángshuō shì zì jǐ wàng le
忙说是自己忘了。

qióng xué sheng yòu jì xù jiǎng dào tū rán yì pǐ
穷学生又继续讲道：“突然，一匹

láng pū le guò lái dòng zuò shí fēn má lì gēn nà ge sòng
狼扑了过来，动作十分麻利，跟那个送

le liǎng tán jiǔ lái de nán pú chà bù duō wǒ shùnshǒu jiǎn qǐ
了两坛酒来的男仆差不多；我顺手捡起

yí kuài shí tou qù zá láng zhè kuài shí
一块石头去砸狼，这块石

tou gēn nǐ jiā nǚ pú zuò de nà kuài
头跟你家女仆做的那块

dàn gāo chà bù duō dà
蛋糕差不多大。”

qī zi méi děng
妻子没等

mò fáng zhǔ wèn jiù xiū
磨坊主问，就羞

kuì de shuō tā jiǎng
愧地说：“他讲

de méi cuò wǒ máng
的没错。我忙

hú tu le wàng le zhè
糊涂了，忘了这

kuài dàn gāo le
块蛋糕了。”

mò fáng zhǔ bèi zhè ge gù shi xī yǐn zhù le bù tíng de wèn xué sheng dǎ zháo láng méi yǒu
磨坊主被这个故事吸引住了，不停地问学生打着狼没有。

yú shì xué sheng jì xù jiǎng láng è hěn hěn de dèng zhe wǒ wǒ hài pà de bù zhī gāi zěn me bàn zhè shí lái le yí wèi pàng dà sǎo jiù shì nǐ jiā de lín jū tā shì lái nǐ jiā hē jiǔ chī ròu de xiàn zài zhèng cáng zài nǐ jiā de niú lán li ba
于是，学生继续讲：“狼恶狠狠地瞪着我，我害怕得不知该怎么办。这时，来了一位胖大嫂，就是你家的邻居。她是来你家喝酒吃肉的，现在正藏在你家的牛栏里吧。”

mò fáng zhǔ yì tīng nù qì chōng chōng de duì qī zi hǒu le qǐ lái nǐ jū rán bèi zhe wǒ gēn bié rén dà chī dà hē hái piàn wǒ shuō méi chī de le wǒ jīn tiān jué bù ráo nǐ shuō wán tā chōng jìn niú lán gǎn zǒu le pàng lín jū yòu bǎ qī zi hěn hěn de jiào xùn le yí dùn yào tā yǐ hòu bù zhǔn zài jù jué xíng rén de qiú zhù
磨坊主一听，怒气冲冲地对妻子吼了起来：“你居然背着我跟别人大吃大喝，还骗我说没吃的了。我今天决不饶你！”说完，他冲进牛栏，赶走了胖邻居，又把妻子狠狠地教训了一顿，要她以后不准再拒绝行人的求助。

rán hòu mò fáng zhǔ qǐng qióng xué sheng yì qǐ xiǎng yòng le měi wèi jiā yáo
然后，磨坊主请穷学生一起享用了美味佳肴。

夜之女王

yǒu sān ge jiě mèi yí ge bǐ yí ge piào liang yǒu yì tiān tā men pá dào le shān dǐng wèn
有三个姐妹，一个比一个漂亮。有一天，她们爬到了山顶，问
tài yáng tài yáng wǒ men sān ge shuí zuì měi lì tài yáng huí dá xiǎo mèi luò shān zuì měi
太阳："太阳，我们三个谁最美丽？"太阳回答："小妹洛珊最美
lì liǎng ge jiě jie yì tīng jiǎn zhí qì huài le yú shì bǎ luò shān dài dào sēn lín shēn chù gěi rēng le
丽！"两个姐姐一听，简直气坏了，于是把洛珊带到森林深处给扔了。

wǎn shang luò shān zài dà shù dǐ xia lěng de zhí kū yè zhī nǚ wáng lái dào le tā de shēn biān wèn tā nǐ wèi shén me kū ya luò shān gào sù le tā yuán yīn yè zhī nǚ wáng tīng le luò shān de sù shuō yǐ hòu shuō jì rán tā men bú yào nǐ le nǐ gēn wǒ huí gōng diàn ba
晚上，洛珊在大树底下冷得直哭，夜之女王来到了她的身边，问她："你为什么哭呀？"洛珊告诉了她原因。夜之女王听了洛珊的诉说以后，说："既然她们不要你了，你跟我回宫殿吧！"

luò shān gēn zhe nǚ wáng dào le gōng zhōng nǚ wáng duì tā shí fēn kè qì guò le jǐ tiān tā jiàn luò shān bù jǐn zhǎng de měi lì hái shí fēn cōng
洛珊跟着女王到了宫中，女王对她十分客气。过了几天，她见洛珊不仅长得美丽，还十分聪

míng jiù rèn tā zuò le nǚ ér
明，就认她做了女儿。

yī tiān liǎng gè jiě jie yòu wèn tài yáng wǒ men jiě mèi liǎng ge shuí zuì měi lì tài yáng
一天，两个姐姐又问：“太阳，我们姐妹两个谁最美丽？”太阳
shuō nǚ wáng nà lǐ de luò shān zuì měi lì jiě jie men dào wū pó nà lǐ mǎi le yí dài dú táng
说：“女王那里的洛珊最美丽！”姐姐们到巫婆那里买了一袋毒糖
guǒ rán hòu lì kè gǎn dào le nǚ wáng de gōng diàn luò shān rè qíng de jiē dài le tā men
果，然后立刻赶到了女王的宫殿，洛珊热情地接待了她们。

lín zǒu de shí hou jiě jie shuō wǒ sòng gěi nǐ yí dài táng guǒ chī luò shān chī le táng
临走的时候，姐姐说：“我送给你一袋糖果吃！”洛珊吃了糖
guǒ hou lì kè dǎo zài dì shang hūn
果后，立刻倒在地上昏
mí le nǚ wáng huí lái hou yǐ
迷了。女王回来后，以
wéi tā sǐ le fēi cháng nán guò
为她死了，非常难过。
tā gěi luò shān chuān shang le zuì piào
她给洛珊穿上了最漂
liang de yī fu hou bǎ tā fàng zài
亮的衣服后，把她放在
le yín guān cai li
了银棺材里。

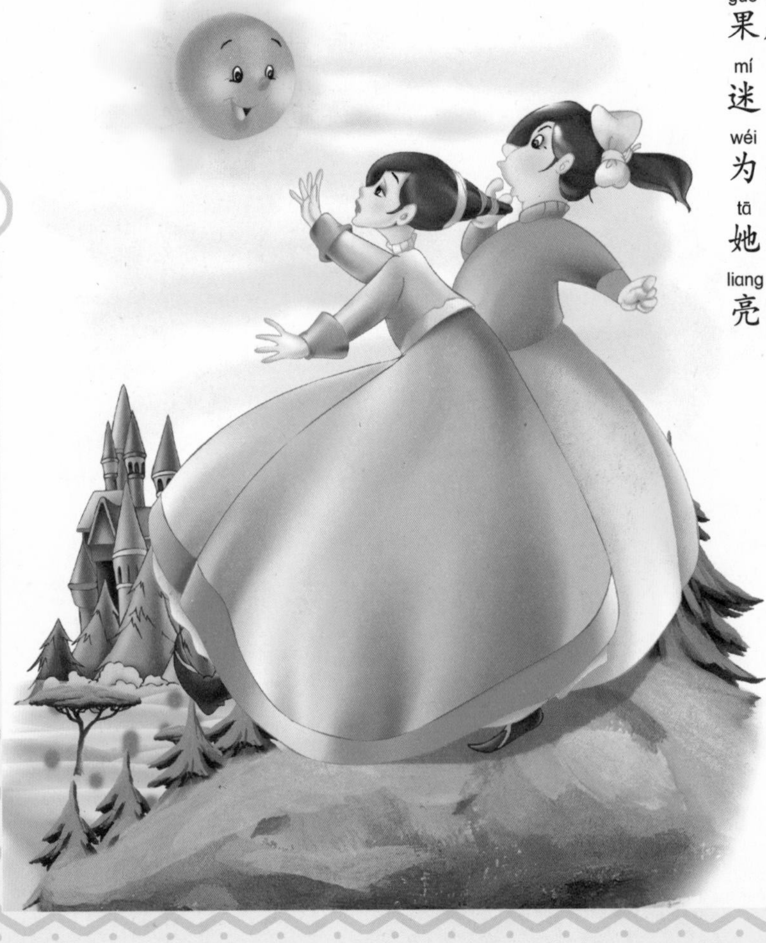

guó wáng qià hǎo fā xiàn
国王恰好发现
le zhè gè guān cai tā wǎng
了这个棺材，他往
xiāng zi li yí kàn zhǐ jiàn
箱子里一看，只见
lǐ miàn tǎng zhe yí ge měi lì
里面躺着一个美丽
de nǚ hái jìn guǎn tā yǐ
的女孩。尽管她已
jīng sǐ le kě kàn qǐ lái hái
经死了，可看起来还

shì nà me de mí rén
是那么的迷人。

lǎo tài hòu fā xiàn guó wáng duì sǐ rén nà me zháo mí shí fēn shēng qì jiù mìng lìng wèi bīng bǎ guān cai tái zǒu jiù zài tái guān cai de shí hou luò shān de tóu bèi zhuàng le yí xià kǒu zhōng hán de dú táng guǒ bèi tǔ le chū lái
老太后发现国王对死人那么着迷，十分生气，就命令卫兵把棺材抬走。就在抬棺材的时候，洛珊的头被撞了一下，口中含的毒糖果被吐了出来。

luò shān zhēng zhe dà dà de yǎn jing wèn zhè shì shén me dì fang
洛珊睁着大大的眼睛，问：“这是什么地方？”

guó wáng zhī dào luò shān fù huó de xiāo xi yǐ hòu gāo xìng jí le tā lì kè xià lìng yào qǔ tā dāng huáng hòu liǎng ge jiě jie tīng shuō luò shān bù jǐn méi sǐ hái dāng shàng le huáng hòu de shì qing yǐ hòu fēi cháng shēng qì tā men fā shì yí dìng yào chú diào luò shān
国王知道洛珊复活的消息以后，高兴极了，他立刻下令要娶她当皇后。两个姐姐听说洛珊不仅没死，还当上了皇后的事情以后，非常生气！她们发誓一定要除掉洛珊。

yì nián yǐ hòu luò shān shēng le kě ài de xiǎo wáng zǐ liǎng ge jiě jie jiù zhuāng bàn chéng nǎi mā lái zhào gù luò shān mǔ zi tā men bǎ dú zhēn chā jìn le mèi mei de nǎo dai luò shān lì kè biàn chéng xiǎo niǎo fēi zǒu le
一年以后，洛珊生了可爱的小王子。两个姐姐就装扮成奶妈来照顾洛珊母子，她们把毒针插进了妹妹的脑袋，洛珊立刻变成小鸟飞走了。

děng luò shān fēi zǒu yǐ hòu dà jiě biàn chéng tā de yàng zi hé guó wáng zài yì qǐ guó wáng fā
等洛珊飞走以后，大姐变成她的样子和国王在一起。国王发

xiàn zì jǐ de qī zi hǎo xiàng yǒu xiē biàn huà jué de fēi cháng qí guài
现自己的妻子好像有些变化，觉得非常奇怪。

yǒu yì tiān fēi lái le yì zhī xiǎo niǎo tā wèn guó wáng nǐ de wáng zǐ shuì de hǎo
有一天，飞来了一只小鸟。它问：“国王，你的王子睡得好

ma guó wáng wēi xiào zhe diǎn dian tóu yú shì xiǎo niǎo jiù yòu fēi zǒu le
吗？”国王微笑着点点头，于是小鸟就又飞走了。

yǒu yì tiān xiǎo niǎo luò zài le guó wáng de shǒushang jiù zài guó wáng fǔ mō tā de shí hou
有一天，小鸟落在了国王的手上，就在国王抚摸它的时候，

fā xiàn le tā tóu dǐngshang de nà gēn zhēn guó wáng
发现了它头顶上的那根针。国王

jué de xiǎo niǎo shí fēn kě lián jiù bǎ zhēn gěi bá le
觉得小鸟十分可怜，就把针给拔了。

xiǎo niǎo tū rán biàn chéng le měi lì de luò
小鸟突然变成了美丽的洛

shān guó wáng yì biān ān wèi tā
珊！国王一边安慰她，

yì biān wèn tā biànchéng xiǎo niǎo de
一边问她变成小鸟的

yuán yīn luò shān bǎ shì qing jiǎng
原因，洛珊把事情讲

le yí biàn guó wáng tīng le fēi
了一遍，国王听了非

chángshēng qì lì kè bǎ liǎng ge
常生气，立刻把两个

jiě jie guān jìn le jiān yù
姐姐关进了监狱。

商人佩尔的女婿

cóng qián yǒu ge míng jiào pèi ěr de shāng rén shí fēn yǒu qián yí ge suànmìng de xīngxiàng jiā
从前，有个名叫佩尔的商人，十分有钱。一个算命的星相家
shuō tā de nǚ ér jiāng huì jià gěi mò fáng huǒ ji de ér zi tā hěn chī jīng bú yuàn yì bǎ nǚ
说，他的女儿将会嫁给磨坊伙计的儿子。他很吃惊，不愿意把女
ér jià gěi yí ge huǒ ji de ér zi
儿嫁给一个伙计的儿子。

yú shì tā lái dào mò fáng huǒ ji jiā gěi le tā men yí dà bǐ qián ràng tā men bǎ ér zi
于是，他来到磨坊伙计家，给了他们一大笔钱，让他们把儿子
mài gěi le zì jǐ rán hòu pèi ěr qí zhe mǎ lái dào yì tiáo dà hé biān bǎ yīng ér zhuāng jìn
卖给了自己。然后，佩尔骑着马，来到一条大河边，把婴儿装进
yì zhī mù hé jiāng mù hé rēng jìn le hé li
一只木盒，将木盒扔进了河里。

shuí zhī mù hé shùn shuǐ piāo dào le mò fáng de dà shuǐ lún qián bèi mò fáng huǒ ji jiǎn le qǐ lái
谁知，木盒顺水漂到了磨坊的大水轮前，被磨坊伙计捡了起来。
tīng dào xiāo xi pèi ěr jí máng yòu pǎo dào mò fáng huǒ ji jiā ràng tā men bǎ gāng jiǎn lái de yīng ér yòu mài gěi le tā
听到消息，佩尔急忙又跑到磨坊伙计家，让他们把刚捡来的婴儿又卖给了他。

zhè cì pèi ěr ràng zhè ge yīng er zhù jìn le hěn yuǎn de yí zuò chéng bǎo li
这次，佩尔让这个婴儿住进了很远的一座城堡里。

hái zi jiàn jiàn zhǎng dà le yì tiān pèi ěr xiě le yì fēng xìn yào tā qī zi bǎ sòng xìn rén shā diào rán hòu tā ràng zhè gè shào nián bǎ xìn sòng dào tā qī zi zhù de chéng bǎo li
孩子渐渐长大了。一天，佩尔写了一封信，要他妻子把送信人杀掉。然后，他让这个少年把信送到他妻子住的城堡里。

shào nián zài lín zhōng mí le lù lái dào yí ge xiǎo mù wū qiáng dào men fā xiàn le tā sōu chū le pèi ěr de xìn hěn qì fèn tā men zhào zhe pèi ěr de bǐ jì chóng xīn xiě le xìn yào tā qī zi lì kè bǎ nǚ ér jià gěi zhè ge sòng xìn de shào nián
少年在林中迷了路，来到一个小木屋。强盗们发现了他，搜出了佩尔的信，很气愤。他们照着佩尔的笔迹重新写了信，要他妻子立刻把女儿嫁给这个送信的少年。

shào nián bǎ xìn jiāo gěi le pèi ěr de qī zi tā lì kè wèi tā men jǔ xíng le hūn lǐ yì qǐ zhù zài chéng bǎo pèi ěr huí dào chéng bǎo kàn dào shào nián zhù zài zhè li hái hé nǚ ér jié le hūn fēi cháng shēng qì
少年把信交给了佩尔的妻子，她立刻为他们举行了婚礼，一起住在城堡。佩尔回到城堡，看到少年住在这里，还和女儿结了婚，非常生气。

yú shì tā yòu ràng shào nián dào běi fāng shān shang bǎ è lóng wěi ba shang de sān piàn lín piàn
于是，他又让少年到北方山上，把恶龙尾巴上的三片鳞片

dài huí lái
带回来。

lù shang shào nián
路上，少年
jīng guò le sān zuò chéng
经过了三座城
bǎo sān wèi guó wáng ràng
堡，三位国王让
tā xiàng è lóng dǎ tīng
他向恶龙打听
chéng bǎo li fā shēng de
城堡里发生的
guài shì tā lái dào yì
怪事。他来到一
tiáo dà hé biān bǎi dù
条大河边，摆渡
rén yòu qǐng tā qù wèn è
人又请他去问恶
lóng tā hái yào bǎi dù
龙，他还要摆渡
dào shén me shí hou cái huì yǒu rén lái jiē tì tā
到什么时候才会有人来接替他。

shào nián shàng le shān zǒu jìn è lóng de shān dòng kàn jiàn yí ge měi lì de gōng zhǔ zuò zài chuáng
少年上了山，走进恶龙的山洞，看见一个美丽的公主坐在床
biān shǎo nián bǎ yí qiè dōu gào sù le tā zhè shí è lóng huí lái shuì jiào le gōng zhǔ jiǎ zhuāng
边，少年把一切都告诉了她。这时，恶龙回来睡觉了。公主假装
shuì le yí huì er yòu zhuāng chū tū rán bèi mèng jīng xǐng de yàng zi jiào xǐng è lóng dǎ tīng chū le
睡了一会儿，又装出突然被梦惊醒的样子，叫醒恶龙，打听出了
sān wèi guó wáng hé nà gè bǎi dù rén xiǎng zhī dào de shì
三位国王和那个摆渡人想知道的事。

zuì hòu děng è lóng shuì shú yǐ hòu gōng zhǔ bǎ shào nián jiào le chū lái shào nián zhāi xià qiáng
最后，等恶龙睡熟以后，公主把少年叫了出来。少年摘下墙
shang de bǎo jiàn kǎn xià le è lóng de tóu ná dào le sān piàn lín piàn
上的宝剑，砍下了恶龙的头，拿到了三片鳞片。

少年带着公主来到山下的摆渡口，告诉摆渡人：“等再有人要过河时，你把渡船交给他，你就可以回家去了。”然后，少年又来到三座城堡，转告了恶龙回答他们的话。三位国王非常感谢他，各送给他一辆装满了金银财宝的马车。

最后，少年回到家里。商人佩尔看见他的财富远远超过了自己，非常惊讶。他问少年，那座山里是不是还有很多金银财宝。少年骗他说：“当然还有很多。”

佩尔迫不及待地赶着马车取宝去了。可是，他再也没有回来，因为他在那条大河上，当上了摆渡的船工。

聪明的兔子

zài yí ge sēn lín lǐ miàn zhù zhe yì zhī tù zi hé yì zhī hú li jiǎo huá de hú li fēi
在一个森林里面，住着一只兔子和一只狐狸。狡猾的狐狸非
chángxiǎng bǎ tù zi zhuō zhù chī diào dàn tù zi měi cì dōu hěn cōng míng de táo zǒu le bìng qiě měi
常想把兔子捉住吃掉。但兔子每次都很聪明地逃走了，并且每
cì dōu bǎ hú li nòng de hěn láng bèi hú li xīn li hěn jì hèn zǒngxiǎng zhe zěn me bào chóu
次都把狐狸弄得很狼狈，狐狸心里很记恨，总想着怎么报仇。

yǒu yì tiān hú li pǎo dào hěn
有一天，狐狸跑到很
yuǎn de dì fang zhǎo lái bǎi yóu hé sōng yóu
远的地方找来柏油和松油，
yòng tā men zuò chéng le yí ge bǎi yóu
用它们做成了一个“柏油
wá wa hú li jiāng zhè ge wá wa
娃娃”。狐狸将这个娃娃
fàng zài tù zi měi tiān dōu yào jīng guò de
放在兔子每天都要经过的
lù shang zì jǐ què cáng zài páng biān de
路上，自己却藏在旁边的
shù cóng li děng zhe tù zi shàngdàng
树丛里，等着兔子上当。

guò le yí huì er tā jiù kàn
过了一会儿，它就看
tù zi guò lái le dāng tù zi pǎo dào
兔子过来了。当兔子跑到
bǎi yóu wá wa páng biān shí tíng
“柏油娃娃”旁边时，停
le xià lái tù zi duì bǎi yóu
了下来。兔子对“柏油
wá wa shuō zǎo shang hǎo
娃娃”说：“早上好！”
bǎi yóu wá wa méi yǒu lǐ tā
“柏油娃娃”没有理它。

tù zi yòu wèn nǐ bù shū fú ma bǎi yóu wá wa réng rán méi yǒu fǎn yìng tù zi
兔子又问:“你不舒服吗? ”“柏油娃娃”仍然没有反应。兔子
shēng qì le shuō wǒ yào jiào xùn nǐ zhè ge méi yǒu lǐ mào de jiā huo shuō wán jiù duì bǎi
生气了,说:“我要教训你这个没有礼貌的家伙! ”说完就对“柏
yóu wá wa quán dǎ jiǎo tī jié guǒ sì zhī zhuǎ zi dōu bèi zhān zhù le tù zi qì jí le dà
油娃娃”拳打脚踢,结果,四只爪子都被粘住了。兔子气极了,大
shēng hǎn jiào zhe nǐ fàng kāi wǒ bù rán wǒ jiù yòng wǒ de tóu bǎ nǐ zhuàng ge xī bā làn shuō
声喊叫着:“你放开我,不然我就用我的头把你撞个稀巴烂。”说
zhe jiù yòng tóu xiàng bǎi yóu wá wa zhuàng qù yú shì tā de tóu yě bèi zhān zhù le
着,就用头向“柏油娃娃”撞去,于是它的头也被粘住了。

zhè shí hú li cái zǒu chū lái kàn zhe
这时,狐狸才走出来,看着
tù zi de láng bèi yàng hā hā dà xiào qǐ lái
兔子的狼狈样哈哈大笑起来,
xiào de dù zi dōu téng le
笑得肚子都疼了。

dāng tā xiào bú
当它笑不
dòng de shí hou duì tù
动的时候,对兔
zi shuō píng shí nǐ
子说:“平时你
zǒng shì biàn zhe fǎ zi
总是变着法子
zhuō nòng wǒ cháo xiào
捉弄我、嘲笑
wǒ jīn tiān kàn wǒ zěn
我,今天看我怎
me chéng fá nǐ ba
么惩罚你吧。”
tù zi quán shēn
兔子全身
zhān zài bǎi yóu wá wa
粘在“柏油娃娃”

身上，只好低声下气地说：“狐狸大哥，你把我弄成什么样子都可以，可是我求你千万别把我扔进荆棘丛里。我求你了。”

而狐狸想用最毒辣的方法惩罚兔子。兔子越是害怕的事情，它就越想做。于是，它抓住兔子，把兔子从“柏油娃娃”身上扯了下来，然后用力把兔子扔进了荆棘丛里。

过了一会儿，狐狸听见兔子叫它，赶紧跑到小山上一看，兔子正在梳理被柏油弄乱的毛皮呢。兔子得意地对狐狸说：“你怎么忘记了，荆棘丛是我的故乡啊！”说完，兔子快乐地跑开了。

狐狸和兔子

从前，有一只狐狸，住在一间冰做的小房子里；有一只兔子，住在一间树皮盖的小房子里。春天到了，狐狸的冰房子融化了，可兔子的房子却还好好的。

于是，狐狸去请求兔子，让它借住一个晚上。可狡猾的狐狸却乘机把兔子赶了出来。

小兔子一边走，一边哭，路上碰见了一只狗。狗很同情兔子，答应帮它的忙。它们来到房门口，狗“汪汪”地叫道：“滚出来吧！狐狸！”

狐狸坐在暖炕上，说：“我一扑出来，沙子就满天飞，石头就满地滚。”狗害怕了，就赶紧溜跑了。

tù zǐ jì xù yí lù zǒu
兔子继续一路走，
yí lù kū yòu yù dào yì zhī
一路哭，又遇到一只
xióng tù zi bǎ zì jǐ de zāo
熊。兔子把自己的遭
yù gào sù le xióng xióng hěn tóng
遇告诉了熊，熊很同
qíng tā xiǎng bāng tā bǎ hú li
情它，想帮它把狐狸
gǎn zǒu
赶走。

tù zi duì tā shuō nǐ
兔子对它说：“你
gǎn bù zǒu tā de gāng cái gǒu
赶不走它的。刚才狗
qù gǎn guò le gǎn bù zǒu tā
去赶过了，赶不走它。
nǐ yě gǎn bù zǒu de
你也赶不走的。”

dàn xióng jiān dìng de shuō wǒ néng gǎn de zǒu tā
但熊坚定地说：“我能赶得走它。”

tā men lái dào fáng zi mén kǒu xióng mǎ shàng jiù jiào le qǐ lái gǔn chū lái ba hú li
它们来到房子门口，熊马上就叫了起来：“滚出来吧！狐狸！”

kě shì hú li réng rán zuò zài nuǎnkàngshang shuō wǒ yì pū chū lái shā zi jiù mǎn tiān
可是，狐狸仍然坐在暖炕上，说：“我一扑出来，沙子就满天
fēi shí tou jiù mǎn dì gǔn xióng yě xià de gǎn jǐn liū le
飞，石头就满地滚。”熊也吓得赶紧溜了。

xiǎo tù zi yòu wǎng qián zǒu yù jiàn yì tóu gōng niú tīng le tù zi de zāo yù gōng niú yě
小兔子又往前走，遇见一头公牛。听了兔子的遭遇，公牛也
yào qù bāng tā gǎn zǒu hú li
要去帮它赶走狐狸。

tù zi duì tā shuō nǐ gǎn bù zǒu de gāng cái gǒu hé xióng dōu qù gǎn guò le kě tā men
兔子对它说：“你赶不走的。刚才狗和熊都去赶过了，可它们

dōu méi néng gǎn zǒu hú li hái dōu bèi hú li xià pǎo le
都没能赶走狐狸，还都被狐狸吓跑了。”

gōng niú jiān jué de gào sù tù zi shuō nǐ fàng xīn wǒ néng gǎn de zǒu tā
公牛坚决地告诉兔子，说：“你放心，我能赶得走它！”

tā men lái dào fáng zi mén kǒu gōng niú duì hú li jiào dào gǔn chū lái ba hú li
它们来到房子门口，公牛对狐狸叫道：“滚出来吧！狐狸！”

hú li hái shì zuò zài nuǎnkàngshang shuō wǒ yì pū chū lái shā zi jiù mǎn tiān fēi shí tou jiù mǎn dì gǔn
狐狸还是坐在暖炕上，说：“我一扑出来，沙子就满天飞，石头就满地滚。”

gōng niú tīng jiàn le yě hěn hài pà gǎn jǐn táo pǎo le
公牛听见了，也很害怕，赶紧逃跑了。

xiǎo tù zi hái shì yì biān zǒu yì biān kū bǐ yǐ qián kū de gèng lì hài le yì zhī dài zhe lián dāo de gōng jī kàn jiàn le tā tīng le tù zi de zāo yù jué dìng qù bāng tā bǎ hú li gǎn zǒu
小兔子还是一边走，一边哭，比以前哭得更厉害了。一只带着镰刀的公鸡看见了它，听了兔子的遭遇，决定去帮它把狐狸赶走。

tā men lái dào fáng zi
　　它们来到房子
de mén kǒu gōng jī duò zhe jiǎo
的门口，公鸡跺着脚，
pāi zhe chì bǎng jiào dào ō
拍着翅膀，叫道："喔
ō ō wǒ yòng jiǎo gēn zǒu
喔喔！我用脚跟走
lù wǒ de jiān shang bēi zhe yì
路，我的肩上背着一
bǎ lián dāo wǒ xiǎng kǎn diào hú
把镰刀，我想砍掉狐
li de nǎo dai hú li nǐ
狸的脑袋。狐狸，你
kuài cóng nuǎn kàng shang pá xià
快从暖炕上爬下
lái chū lái ba hú li
来！出来吧，狐狸！"

hú lí hài pà qǐ lái gǎn máng shuō
　　狐狸害怕起来，赶忙说：
hǎo de hǎo de wǒ zài chuān xié zi
"好的，好的，我在穿鞋子！……"

gōng jī yòu jiào le yí biàn hú li xià huài
　　公鸡又叫了一遍。狐狸吓坏
le jí máng shuō lái le lái le wǒ zài chuān yī fu
了，急忙说："来了，来了，我在穿衣服！……"

gōng jī yòu jiào le dì sān biàn gāng jiào wán hú li xià de méi tóu méi nǎo de pǎo le chū
　　公鸡又叫了第三遍。刚叫完，狐狸吓得没头没脑地跑了出
lái gōng jī zǒu shàng qián yì huī lián dāo kǎn sǐ le hú li
来。公鸡走上前，一挥镰刀，砍死了狐狸。

cóng cǐ tù zi hé gōng jī zài shù pí gài de fáng zi li yì zhí zhù le xià lái guò dé fēi
　　从此，兔子和公鸡在树皮盖的房子里一直住了下来，过得非
cháng kuài lè
常快乐。

快乐王子

cóngqián zài yí ge chéng shì zhōng yǒu yí zuò kuài lè wáng zǐ de diāoxiàng tā de quánshēn tiē
从前，在一个城市中，有一座快乐王子的雕像。他的全身贴
mǎn le báo báo de chún jīn yè zi yǎn jing shì yí duì lán bǎo shí zuò chéng de jiàn bǐngshang hái qiàn zhe
满了薄薄的纯金叶子，眼睛是一对蓝宝石做成的，剑柄上还嵌着
yì kē dà dà de hóng bǎo shí rén men dōu chēng zàn tā piào liang yòu chū sè
一颗大大的红宝石。人们都称赞他漂亮又出色。

qiū tiān dào le yì zhī xiǎo yàn
秋天到了，一只小燕
zi fēi dào zhè gè chéng shì tíng zài wáng
子飞到这个城市，停在王
zǐ de liǎng zhī jiǎo zhōng jiān zhǔn bèi xiū
子的两只脚中间，准备休
xi yí yè tā zhèng dǎ suàn shuì jiào
息一夜。它正打算睡觉，
hū rán dà dà de yì dī shuǐ luò dào tā
忽然大大的一滴水落到它
de shēnshang tā jué de hěn qí guài
的身上。它觉得很奇怪，
zěn me huì tū rán xià qǐ yǔ lái ne
怎么会突然下起雨来呢？

tái tóu yí kàn xiǎo yàn zi dà
抬头一看，小燕子大
chī yì jīng yuán lái bú shì xià yǔ
吃一惊。原来不是下雨，
ér shì kuài lè wáng zǐ zài liú lèi ne
而是快乐王子在流泪呢！
wáng zǐ kàn jiàn le zhè ge chéng shì li
王子看见了这个城市里
pín kǔ de rén men tā nà kē qiān zuò
贫苦的人们，他那颗铅做
de xīn yě rěn bú zhù kū le
的心，也忍不住哭了。

王子对小燕子说："那边有一个穷苦的女裁缝，她的孩子正在发烧，而她却正忙着做活。"王子让燕子陪他过一夜，并帮他把剑柄上的红宝石啄下来，送给那个女裁缝。善良的小燕子被打动了，按照他的吩咐，把红宝石放在了女裁缝的桌上。

第二天，王子请求小燕子再陪他过一夜，并把他的一颗蓝宝石眼睛啄下来，送给一个贫困的年轻人。燕子感动得哭了，只好啄下王子的眼睛，从屋顶的洞里飞了进去。年轻人没有看见小燕子，等他抬起头，美丽的蓝宝石已经放在桌上的紫罗兰上面了。

第三天，王子又恳求小燕子把他的另一颗眼睛啄下来，送给一个卖火柴的小女孩。小燕子违心地取走王子的眼睛，把宝石轻轻放在了小女孩的手掌心里。然后，小燕子决定留下来，永远陪伴王子，因为王子什么也看不见了。

燕子每天把看到的一切讲给王子听，王子又让它把身上的金叶子取下来，送给那些可怜的人。

冬天来了，善良的燕子依然没有飞走。它又冷又饿，坚持不了多久了。于是，它向王子告别，说：“我要到死亡的地方去了。听说死是睡的兄弟，是吗？”它吻了吻王子的嘴唇，然后跌在王子脚下，死了。

dì èr tiān zǎo shang shì zhǎng kàn jiàn kuài lè wáng zǐ xiàng de hóng bǎo shí lán bǎo shí hé chún jīn
第二天早上，市长看见快乐王子像的红宝石、蓝宝石和纯金
yè zi dōu bú jiàn le jué dìng bǎ wáng zǐ xiàng chāi xià lái wú zhī de rén men bǎ wáng zǐ xiàng fàng zài
叶子都不见了，决定把王子像拆下来。无知的人们把王子像放在
huǒ lú li róng huà tā men zhǔn bèi lìng wài zhù yì zūn xiàng
火炉里熔化，他们准备另外铸一尊像。

zhù zào chǎng de jiān gōng qí guài de shuō kuài lè wáng zǐ xiàng de zhè kē qiān zuò de xīn zěn
铸造厂的监工奇怪地说：“快乐王子像的这颗铅做的心，怎
me zài huǒ lú li róng huà bù liǎo wǒ men zhǐ hǎo bǎ tā rēng diào le yú shì tā men bǎ wáng zǐ
么在火炉里熔化不了？我们只好把它扔掉了。”于是，他们把王子
xiàng de qiān xīn rēng zài yí ge lā jī duī shang nà zhī sǐ yàn zi yě tǎng zài nà li
像的铅心扔在一个垃圾堆上，那只死燕子也躺在那里。

zhè shí shàng dì duì yí ge tiān
这时，上帝对一个天
shǐ shuō bǎ zhè gè chéng li zuì zhēn
使说：“把这个城里最珍
guì de liǎng jiàn dōng xi gěi wǒ ná lái
贵的两件东西给我拿来。”

tiān shǐ fēi dào chéng
天使飞到城
li bǎ kuài lè wáng
里，把快乐王
zi de qiān xīn hé
子的铅心和
nà zhī xiǎo yàn zi
那只小燕子
dài dào le shàng dì
带到了上帝
miàn qián
面前。

神父和长工巴尔达

cóng qián yǒu ge hěn xiǎo qì de shén fù yì tiān tā dào jí shì shang qù bā ěr dá zǒu
从前，有个很小气的神父。一天，他到集市上去，巴尔达走
guò lái duì tā shuō shén fù nǐ xiǎng zhǎo shén me a shén fù shuō wǒ xiǎng zhǎo ge cháng gōng
过来对他说：“神父，你想找什么啊？”神父说：“我想找个长工，
jiān zuò chú zi mǎ fū hé mù jiang bā ěr dá shuō wǒ lái zuò ba nín zhǐ yào gěi wǒ diǎn xiǎo
兼做厨子、马夫和木匠。”巴尔达说：“我来做吧，您只要给我点小
mài jiù kě yǐ le bú guò měi nián wǒ yào zài
麦就可以了，不过，每年我要在
nǐ de é tou shang tán sān xià
你的额头上弹三下。”

shén fù xiǎng le yí xià tóng
神父想了一下，同
yì le bā ěr dá hěn qín kuài
意了。巴尔达很勤快，
shén me huó dōu gàn de hěn hǎo
什么活都干得很好。
shén fù de lǎo po hé nǚ ér men
神父的老婆和女儿们
dōu hěn mǎn yì zhǐ yǒu shén fù yí
都很满意，只有神父一
ge rén bù xǐ huān tā yì nián
个人不喜欢他。一年
hěn kuài jiù guò qù le shén fù bù
很快就过去了，神父不
xiǎng bèi tán sān xià é tou yě bù
想被弹三下额头，也不
xiǎng gěi bā ěr dá gōng qián tā
想给巴尔达工钱。他
xiǎng de tóu dōu tòng le yě méi yǒu
想得头都痛了，也没有
xiǎng chū bàn fǎ lái
想出办法来。

tā lǎo po duì tā shuō jiào bā ěr dá qù zuò yí jiàn zuò bú dào de shì qing zhè yàng nǐ de
他老婆对他说："叫巴尔达去做一件做不到的事情，这样你的
é tou jiù bú huì shòu chéng fá le yě kě yǐ bù gěi tā gōng qián bǎ tā dǎ fā zǒu le
额头就不会受惩罚了，也可以不给他工钱把他打发走了。"

shén fù tīng le hěn gāo xìng jiù qù duì bā ěr dá shuō mó guǐ měi nián yào gěi wǒ fā nián
神父听了很高兴，就去对巴尔达说："魔鬼每年要给我发年
gòng zhí dào wǒ sǐ qù kě tā men yǐ jīng sān nián méi gěi wǒ le nǐ qù gěi wǒ tǎo huí lái
贡，直到我死去。可他们已经三年没给我了，你去给我讨回来。"
bā ěr dá méi shuō shén me zǒu le
巴尔达没说什么，走了。

tā lái dào hǎi biān yòng
他来到海边，用
shéng zi jiǎo dòng hǎi shuǐ yí
绳子搅动海水。一
gè mó guǐ zuān chū lái shuō nǐ
个魔鬼钻出来说："你
zài gàn shén me bā ěr dá
在干什么？"巴尔达
shuō wǒ yào jiǎo dòng hǎi shuǐ
说："我要搅动海水，
ràng nǐ men bù dé ān níng
让你们不得安宁。"
lǎo mó guǐ wèn tā wèi shén me
老魔鬼问他为什么，
tā shuō yīn wèi nǐ men bú
他说："因为你们不
fù nián gòng
付年贡。"

mó guǐ shuō nǐ bú
魔鬼说："你不
yào jiǎo le wǒ jiào wǒ de ér
要搅了，我叫我的儿
zi gěi nǐ nián gòng
子给你年贡。"

小鬼出来说：“巴尔达，我们来赛跑吧，谁赢了，年贡就归谁，怎么样？”巴尔达说：“我叫我的小兄弟和你比吧。”说完，他去树林抓了一只兔子和魔鬼比赛。兔子飞快地跑回了树林，小鬼怎么也追不上。小鬼又说：“我们还要再赛一次。”

巴尔达说：“可以，不过这次要我来出题。”小鬼同意了。巴尔达指着一匹马，接着说：“你看见那匹马了吗？你要是举着马走半里路，你就算赢了，年贡就归你；要是你做不到，年贡就归我。”

可怜的小鬼爬到马肚子底下，用尽浑身的力气，把马举了起来。

可他只走了两步就倒下了，

bā ěr dá zǒu guò qù shuō nǐ yòng shǒu jǔ bú dòng mǎ ér wǒ yòng tuǐ yě néng bǎ tā jiā qǐ lái
巴尔达走过去说:“你用手举不动马,而我用腿也能把它夹起来。”
shuō wán bā ěr dá qí shàng mǎ pǎo le yì quān pǎo de chén tǔ fēi yáng
说完,巴尔达骑上马,跑了一圈,跑得尘土飞扬。

xiǎo guǐ xià huài le pǎo dào lǎo mó guǐ nà li shuō bā ěr dá hěn lì hài lǎo mó guǐ tīng le
小鬼吓坏了,跑到老魔鬼那里,说巴尔达很厉害,老魔鬼听了
yě hěn hài pà jiù bǎ nián gòng gěi le tā
也很害怕,就把年贡给了他。

bā ěr dá dài zhe nián gòng huí lái le wèn shén fù yào gōng qián shén fù zhǐ yǒu bǎ é tou shēn
巴尔达带着年贡回来了,问神父要工钱。神父只有把额头伸
guò qù ràng bā ěr dá tán bā
过去让巴尔达弹。巴
ěr dá dàn le dì yī xià shén
尔达弹了第一下,神
fù jiù bèng dào tiān huā bǎn shang
父就蹦到天花板上
qù le tán dì èr xià shén
去了;弹第二下,神
fù biàn chéng le yǎ ba tán dì
父变成了哑巴;弹第
sān xià shén fù biàn chéng le yí
三下,神父变成了一
ge lǎo shǎ guā
个老傻瓜。

tán wán hòu bā
弹完后,巴
ěr dá hái jiào xùn shén
尔达还教训神
fù jiào tā yǐ hòu bié
父,叫他以后别
zài tān xiǎo pián yi le
再贪小便宜了!

六个傻瓜

从前，有个十分呆傻的姑娘，谁也不想娶她。

终于有一天，一个小伙子来向傻姑娘求婚。她母亲非常高兴，让女儿到地窖里去灌一壶啤酒上来招待客人。

可傻姑娘去了很久都没回来，母亲就下地窖去看。她看见女儿双手支着脑袋，坐在石级上，周围地上到处淌着啤酒。她忘了把啤酒桶的龙头关上了。

傻姑娘对母亲说："我在想，结婚以后生个孩子，该取什么名字好呢？"母亲听了，就坐下来和她一起想。

傻姑娘的父亲和年轻人等了很久，见母女俩还

méi huí lái yú shì fù qīn yòu
没回来，于是，父亲又
xià qù zhǎo tā men
下去找她们。

tīng jiàn tā men zhèng zài gěi
听见她们正在给
hái zi qǔ míng zi fù qīn yě zuò
孩子取名字，父亲也坐
le xià lái hé tā men yì qǐ xiǎng
了下来，和她们一起想。

qiú hūn de xiǎo huǒ zi děng
求婚的小伙子等
de bú nài fán le zǒu xià dì
得不耐烦了，走下地
jiào kàn jiàn tā men sān ge rén dōu
窖，看见他们三个人都
zài jiē tī shang zuò zhe dì shang
在阶梯上坐着，地上
tǎng mǎn le pí jiǔ lóng tou yī rán
淌满了啤酒，龙头依然
dà kāi zhe pí jiǔ yī rán zài
大开着，啤酒依然在
hua hua hua de liú zhe
“哗哗哗”地流着。

xiǎo huǒ zi qí guài de wèn nǐ men zài gàn shén me zěn me ràng pí jiǔ liú de mǎn dì dōu shì
小伙子奇怪地问：“你们在干什么？怎么让啤酒流得满地都是？”

shǎ gū niang de fù qīn shuō nǐ rú guǒ qǔ le wǒ nǚ ér shēng ge hái zi gāi gěi tā qǔ
傻姑娘的父亲说：“你如果娶了我女儿，生个孩子，该给他取
shén me míng zi hǎo ne hǎo míng zi dōu ràng bié rén qǔ biàn le
什么名字好呢？好名字都让别人取遍了。”

xiǎo huǒ zi tīng le kū xiào bù dé shuō nǐ men màn màn xiǎng ba wǒ yào zǒu le děng wǒ
小伙子听了，哭笑不得，说：“你们慢慢想吧，我要走了。等我
zhǎo dào sān gè bǐ nǐ men hái shǎ de rén yǐ hòu zài huí lái gēn nǐ nǚ ér jié hūn
找到三个比你们还傻的人以后，再回来跟你女儿结婚。”

xiǎo huǒ zi lí kāi shǎ gū niang de jiā zǒu le yí duàn lù lái dào yí ge guǒ yuán li tā
小伙子离开傻姑娘的家，走了一段路，来到一个果园里。他
kàn jiàn yí ge rén zhèng zài dǎ hé tao hái yòng chā zi shǐ jìn de chā xiǎng bǎ hé tao chā jìn yí liàng
看见一个人正在打核桃，还用叉子使劲地叉，想把核桃叉进一辆
tuī chē li
推车里。

xiǎo huǒ zi quàn tā zhǎo gè kuāng zi xiān bǎ hé tao zhuāng jìn kuāng li zài dào jìn tuī chē xiǎo
小伙子劝他找个筐子，先把核桃装进筐里，再倒进推车。小
huǒ zi xīn xiǎng zhè ge rén zhēn shì bǐ shǎ gū niang jiā de rén hái shǎ
伙子心想：“这个人真是比傻姑娘家的人还傻。”

tā jì xù wǎng qián zǒu yòu
他继续往前走，又
zǒu le yí duàn lù lái dào yí piàn
走了一段路，来到一片
shù lín li lín zi li yǒu ge
树林里。林子里有个
rén xiǎng wèi diǎn xiàng guǒ gěi zhū chī
人想喂点橡果给猪吃，
zhèng jìn lì de bǎ zhū wǎng xiàng shù
正尽力地把猪往橡树
shang gǎn kě zhū què zěn me yě pá
上赶，可猪却怎么也爬
bú shàng shù
不上树。

xiǎo huǒ zi quàn tā pá dào
小伙子劝他爬到
shù shang bǎ xiàng guǒ yáo xià lái gěi
树上，把橡果摇下来给
zhū chī xiǎo huǒ zi xīn xiǎng zhè
猪吃。小伙子心想：“这
yòu shì yí ge shǎ guā bǐ gāng cái
又是一个傻瓜，比刚才
nà ge rén hái yào shǎ
那个人还要傻。”

xiǎo huǒ zi yòu wǎng qián
小伙子又往前
zǒu le yí huì er yù dào
走了一会儿，遇到
yí ge rén zhè ge rén cóng
一个人。这个人从
lái méi yǒu chuān guò cháng kù
来没有穿过长裤，
bù zhī dào gāi zěn me bǎ tuǐ
不知道该怎么把腿
zhuāng jìn liǎng zhī kù tuǐ li
装进两只裤腿里。
yú shì tā bǎ kù zi guà
于是，他把裤子挂
zài liǎng kē shù zhōng jiān rán
在两棵树中间，然
hòu tā shǐ jìn wǎng shàng pá
后他使劲往上爬，
dǎ suàn cóng shù shang tiào xià lái
打算从树上跳下来
de shí hou zhèng hǎo tào jìn liǎng zhī kù tuǐ li
的时候，正好套进两只裤腿里。

xiǎo huǒ zi quàn tā bǎ kù zi ná zài shǒu li bǎ tuǐ yì zhī yì zhī wǎng lǐ shēn nà ge rén
小伙子劝他把裤子拿在手里，把腿一只一只往里伸。那个人
jīng tàn de shuō nǐ zhēn shì cōng míng wǒ zěn me cóng lái méi yǒu xiǎng dào guò zhè gè bàn fǎ
惊叹地说：“你真是聪明！我怎么从来没有想到过这个办法！”

xiǎo huǒ zi wú kě nài hé de yáo yao tóu xīn xiǎng zhè shì dì sān ge dà shǎ guā bǐ gāng
小伙子无可奈何地摇摇头，心想：“这是第三个大傻瓜，比刚
cái nà liǎng ge hái yào shǎ
才那两个还要傻。”

zhè sān ge rén dōu bǐ shǎ gū niang hé tā de fù mǔ gèng shǎ yú shì xiǎo huǒ zi huí qù hé
这三个人都比傻姑娘和她的父母更傻，于是，小伙子回去和
shǎ gū niang jié le hūn
傻姑娘结了婚。

法兰德斯的灵犬

zài fǎ lán dé sī de yí ge xiǎo cūn zhuāng li yǒu yí ge jiào léi luò de nán hái hé tā de
在法兰德斯的一个小村庄里，有一个叫雷洛的男孩，和他的
yé ye yì qǐ shēng huó zhe tā men kào bāng zhèn shang de rén sòng niú nǎi wéi chí shēng huó
爷爷一起生活着。他们靠帮镇上的人送牛奶维持生活。

yǒu yì tiān tā men zài huí jiā de lù shang fā xiàn yì zhī shòu shāng de gǒu tā men kě lián
有一天，他们在回家的路上，发现一只受伤的狗。他们可怜
nà zhī gǒu jiù bǎ tā dài huí jiā qù le pín qióng de tā men bǎ zì jǐ de niú nǎi hé miàn bāo ná
那只狗，就把它带回家去了。贫穷的他们把自己的牛奶和面包拿
chū lái gěi gǒu chī hái gěi tā zhì shāng xiǎo gǒu zài tā
出来给狗吃，还给它治伤。小狗在他
men de zhào gù xia hěn kuài jiù jiàn kāng qǐ lái le léi luò
们的照顾下，很快就健康起来了，雷洛
gěi tā qǔ míng jiào bǎi tè cóng cǐ léi luò hé yé
给它取名叫“柏特”。从此，雷洛和爷
ye hái yǒu bǎi tè jiù yì qǐ
爷，还有柏特，就一起
tuī zhe chē zi qù sòng niú nǎi
推着车子去送牛奶。

bù jiǔ yé ye shēng bìng
不久，爷爷生病
le kě léi luò hé bǎi tè yě
了，可雷洛和柏特也
néng bǎ gōng zuò zuò hǎo měi
能把工作做好。每
tiān gōng zuò wán le hòu léi luò
天工作完了后，雷洛
dōu huì qù jiào táng wèi yé ye
都会去教堂为爷爷
qí dǎo
祈祷。

léi luò xǐ huān huà huà
雷洛喜欢画画，

tā fēi cháng xiǎng kàn yì yǎn
他非常想看一眼
lǔ biān sī de yì fú huà
鲁边斯的一幅画，
nà fú huà jiù zài jiào táng lǐ
那幅画就在教堂里
miàn kě yóu yú tā méi yǒu
面，可由于他没有
juān qián shì lì de jiào táng
捐钱，势利的教堂
shén fù bú ràng tā guānshǎng
神父不让他观赏。

léi luò yǒu yí ge hǎo
雷洛有一个好
péng you shì yí ge jiào ā
朋友，是一个叫阿
luó de nǚ hái ā luó de
萝的女孩。阿萝的
fù qīn shì zhèn shàng zuì yǒu
父亲是镇上最有
qián de rén yǒu yì tiān léi luò
钱的人。有一天，雷洛
zhèng zài wèi ā luó huà xiàng bèi ā luó fù qīn kàn
正在为阿萝画像，被阿萝父亲看
jiàn le tā shēng qì de shuō ā luó nǐ bù kě yǐ hé zhè ge qióng xiǎo zi yì qǐ wán shuō wán
见了，他生气地说：“阿萝，你不可以和这个穷小子一起玩。”说完，
jiù bǎ ā luó lā huí jiā le
就把阿萝拉回家了。

léi luò de yé ye yīn wèi méi qián mǎi yào bìng yuè lái yuè zhòng bù jiǔ jiù qù shì le
雷洛的爷爷因为没钱买药，病越来越重，不久就去世了。

yì tiān léi luò zài lù shang jiǎn le ge kě ài de bù wá wa wǎn shang tā qiāo qiāo lái dào ā
一天，雷洛在路上捡了个可爱的布娃娃，晚上他悄悄来到阿
luó de chuāng wài bǎ zhè ge bù wá wa sòng gěi le ā luó
萝的窗外，把这个布娃娃送给了阿萝。

jiù zài nà tiān wǎnshang ā luó jiā de cāng kù zháo huǒ le ā luó de fù qīn yì kǒu yǎo dìng
就在那天晚上，阿萝家的仓库着火了，阿萝的父亲一口咬定
shì léi luò fàng de huǒ cóng cǐ zài yě méi yǒu rén yuàn yì ràng léi luò sòng niú nǎi le
是雷洛放的火。从此，再也没有人愿意让雷洛送牛奶了。

kě lián de léi luò shī qù le gōng zuò fáng zū yě fù bù qǐ le bèi fáng dōng gǎn le chū lái
可怜的雷洛失去了工作，房租也付不起了，被房东赶了出来，
tā zhǐ yǒu dài zhe bǎi tè zài fēng xuě jiāo jiā de jiē tou liú làng
他只有带着柏特在风雪交加的街头流浪。

yǒu yì tiān bǎi tè zài dà xuě zhōng fā xiàn le ā luó fù qīn de qián bāo léi luò gǎn jǐn bǎ
有一天，柏特在大雪中发现了阿萝父亲的钱包，雷洛赶紧把
qián bāo gěi ā luó jiā sòng qù tā bǎ qián bāo jiāo gěi le ā luó de mǔ qīn shuō shì bǎi tè fā
钱包给阿萝家送去。他把钱包交给了阿萝的母亲，说：“是柏特发
xiàn de qǐng nǐ gěi bǎi tè yì diǎn chī
现的，请你给柏特一点吃
de ba shuō wán gǎn jǐn pǎo le
的吧。”说完，赶紧跑了。

kě shì bǎi tè duì shí wù yì
可是，柏特对食物一
diǎn yě bú dòng xīn tā pǎo le chū
点也不动心，它跑了出
lái zài jiào táng de mén kǒu
来，在教堂的门口
fā xiàn le dǎo zài dì shang
发现了倒在地上
de xiǎo zhǔ rén
的小主人。

léi luò kàn jiàn bǎi
雷洛看见柏
tè gǎn dòng de liú zhe lèi
特，感动地流着泪
shuō bǎi tè nǐ zhēn shì
说：“柏特，你真是
ge zhōng shí de huǒ bàn
个忠实的伙伴！”

bǎi tè téng ài de tiǎn
柏特疼爱地舔
zhe zhǔ rén de liǎn zhè shí
着主人的脸。这时，
yuè guāng zhào dào le jiào táng de
月光照到了教堂的
chuāng kǒu zhèng qiǎo zhào dào le
窗口，正巧照到了
qiáng shang de yì fú shǔ míng
墙上的一幅署名
lǔ biān sī de huà shang
“鲁边斯”的画上。

léi luò zhēng dà le yǎn
雷洛睁大了眼
jing zǐ xì de kàn zhe tā
睛仔细地看着，他
shuō shàng dì a nà jiù
说：“上帝啊，那就
shì wǒ cháng jiǔ yǐ lái mèng xiǎng
是我长久以来梦想
jiàn dào de huà a gǎn xiè
见到的画啊！感谢
shàng dì xiàn zài wǒ jué de
上帝，现在我觉得
wǒ shì fēi cháng xìng fú de
我是非常幸福的。”

dì èr tiān zǎo chen lái jiào táng dǎo gào de rén men fā xiàn léi luò bào zhe bǎi tè jìng jìng de
第二天早晨，来教堂祷告的人们发现雷洛抱着柏特，静静地
tǎng zài jiào táng de mén kǒu yǒng yuǎn de shuì zháo le
躺在教堂的门口，永远地睡着了。

ā luó de fù qīn yě lái le tā hěn cán kuì de fā xiàn léi luò de liǎn shang hái liú zhe xìng fú
阿萝的父亲也来了，他很惭愧地发现雷洛的脸上还留着幸福
de wēi xiào cóng cǐ tā biàn chéng le yí gè lè shàn hào shī de rén
的微笑。从此，他变成了一个乐善好施的人。

兔子钓鱼

在一个炎热的下午，兔子、狐狸、浣熊、白熊在一块地里很辛苦地干活。干了一会儿，兔子累了，它就故意高声叫了起来，说手被扎破了，然后就跑到阴凉的地方，躲起来休息。

它来到一个水井旁，看到井架上有两只桶，一只在上，一只在下。它就想到井里去凉快凉快，想着，它就跳进了水桶里。谁知道刚跳进桶里，水桶就往井底沉去。兔子坐在桶里，在井底一动也不敢动，它很着急，却又没有办法。狐狸早就

àn àn de zhù yì zhe tù zi tù zi liū kāi shí hú li jiù yì zhí gēn zài tā hòu mian
暗暗地注意着兔子，兔子溜开时，狐狸就一直跟在它后面。

tā kàn dào tù zi tiào jìn shuǐ tǒng yòu hěn kuài de xiāo shī le hú li hěn qí guài tā xiǎng
它看到兔子跳进水桶，又很快地消失了。狐狸很奇怪，它想：
tù zi yí dìng shì bǎ jīn yín cái bǎo cáng dào jǐng dǐ le xiǎng dào zhè li hú li lái dào jǐng biān cháo
兔子一定是把金银财宝藏到井底了。想到这里，狐狸来到井边朝
zhe jǐng dǐ jiào tù zi nǐ zài xià mian zuò shén me a
着井底叫："兔子，你在下面做什么啊？"

tù zi tīng jiàn hú li shuō huà xīn li àn àn gāo xìng tā zài shuǐ tǒng li zhuāng mú zuò yàng
兔子听见狐狸说话，心里暗暗高兴。它在水桶里装模做样
de shuō à shì hú li a wǒ zhèng zài diào yú ne wǒ xiǎng gěi nǐ men diào jǐ tiáo yú wǎn
地说："啊！是狐狸啊，我正在钓鱼呢，我想给你们钓几条鱼，晚
fàn de shí hou gěi nǐ men yí ge jīng xǐ zhè er de yú zhēn
饭的时候给你们一个惊喜。这儿的鱼真
shì duō jí le nǐ xià
是多极了。你下
lái bāngbang wǒ ba
来帮帮我吧！"

hú li xìn yǐ wéi
狐狸信以为
zhēn shuō hǎo a kě
真，说："好啊，可
shì wǒ zěn me xià qù
是我怎么下去
ne tù zi
呢，兔子？"

tù zi shuō nǐ
兔子说："你
zhǐ yào zuò jìn jǐng jià
只要坐进井架
shang de nà zhī shuǐ tǒng
上的那只水桶，
jiù kě yǐ le
就可以了。"

贪吃的狐狸立刻跳了进去，水桶迅速地往下沉去。当然，兔子坐的那只水桶就从井底升起来了。

兔子逃出来后，马上跑去告诉主人，说狐狸把井水弄脏了。然后又跑回井边对狐狸说：“有个猎人拿着枪朝这儿走来了。当他把你拖上来后，你要马上逃走。”说完就回地里去了。

狐狸依照兔子的计策，也逃回来了。它们在地里碰见以后，谁也没有说什么，好像什么也没有发生过一样。只是兔子时不时地发出一串笑声，狐狸也跟着发出几声苦笑的声音。

星孩

dōng tiān de yí ge hán fēng cì gǔ de yè wǎn yǒu liǎng ge qióng kǔ de qiáo fū zhèng chuān yuè yí
冬天的一个寒风刺骨的夜晚，有两个穷苦的樵夫正穿越一
ge dà sōng lín wǎng jiā gǎn lù
个大松林，往家赶路。

zhè shí yí jiàn qí guài de shì qing fā shēng le cóng tiān shang diào xià lái yì kē fēi cháng měi lì
这时，一件奇怪的事情发生了：从天上掉下来一颗非常美丽
de xīng xing zài xīng xing luò xià de dì fang tā men fā xiàn le yí ge bèi jīn dǒu peng bāo zhe de shú
的星星。在星星落下的地方，他们发现了一个被金斗篷包着的熟
shuì de yīng hái
睡的婴孩。

qí zhōng yí ge qiáo fū bǎ xiǎo hái dài huí le jiā hé zì jǐ de hái zi yǎng zài le yì qǐ xīng hái yì nián bǐ yì nián zhǎng de yīng jùn zhù zài cūn zi li de rén dōu wèi cǐ ér gǎn dào chī jīng yīn wèi bié rén dōu shì hēi pí fū hēi tóu fa wéi dú tā yí ge rén zhǎng de yòu bái yòu
其中一个樵夫把小孩带回了家，和自己的孩子养在了一起。星孩一年比一年长得英俊，住在村子里的人都为此而感到吃惊。因为别人都是黑皮肤、黑头发，唯独他一个人长得又白又

嫩。不过，他的美貌却给他带来了坏运，因为他变得骄傲、残酷和自私了。

有一天，一个穷要饭的女人走过村子，星孩看见她后，就开始嘲笑她。但那个女人却认出了星孩，并且说：“你是我丢失在林中的小儿子。为了寻找你，我已经走遍了整个世界！”但星孩却说：“假若你真是我的母亲，那么你最好还是走得远远的，不要再到这儿来给我丢脸了。”

于是，那女人便站起身来，伤心地哭泣着走回到森林中去了。

就在这个时候，星孩的脸变得跟癞蛤蟆一模一样。星孩恐惧地说，“我对待我的母亲太残忍了，所以变成了这个

样子。我一定要找到母亲，请她宽恕我。”

他整整找了她三年，但是一点也没有消息。后来，他被一个魔术师买走了，魔术师让他去森林里给他寻找一枚金币。在森林里，他救了一只小白兔，于是兔子带着星孩找到了金币。

在回城的路上，星孩看见城门口坐着一个麻疯病人。病人对星孩说：“给我一个钱币吧，否则我会饿死的。”星孩说：“我只有一个金币，要是我不把它带给我的主人，他就会打死我的。”不过，麻疯病人仍恳求着他，星孩终于动了怜悯之心，把金币给了他。

魔术师知道以后，狠狠地打了他一顿，并把他关在了地牢里。

dì èr tiān xīng hái yòu chū lái zhǎo jīn bì yòu shì xiǎo tù zi bāng tā zhǎo dào le xīng hái
第二天，星孩又出来找金币，又是小兔子帮他找到了。星孩
ná zhe jīn bì cōngcōng de cháochéng shì gǎn qù kě nà gè má fēng bìng rén yòu kū zhe xiàng tā yào
拿着金币，匆匆地朝城市赶去。可那个麻疯病人又哭着向他要
jīn bì xīng hái zài yí cì tóng qíng le tā bǎ jīn bì gěi le tā
金币，星孩再一次同情了他，把金币给了他。

zhè shí tā kàn jiàn le tǎo fàn de mǔ qīn lái dào má fēng bìng rén shēn biān xīng hái jí máng guì
这时，他看见了讨饭的母亲来到麻疯病人身边。星孩急忙跪
xià qù wěn mǔ qīn jiǎo shang de shāng kǒu zhè shí tǎo fàn de nǚ rén hé má fēng bìng rén yì qǐ bǎ
下，去吻母亲脚上的伤口。这时，讨饭的女人和麻疯病人一起把
shǒu fàng zài tā de tóu shang tā
手放在他的头上，他
men shuō hái zi qǐ lái
们说：“孩子，起来
ba wǒ men yuánliàng nǐ le
吧，我们原谅你了。”

xīng hái zhàn qǐ shēn lái
星孩站起身来，
wàng zhe tā men yuán lái tā men
望着他们，原来他们
shì zhè ge guó jiā de guó wáng
是这个国家的国王
hé wáng hòu tā men bǎ wáng
和王后。他们把王
guān gěi tā dài zài tóu shang cóng
冠给他戴在头上，从
cǐ tā tǒng zhì zhe zhè ge chéng
此他统治着这个城
shì chéng wéi le tā de xīn zhǔ
市，成为了它的新主
rén
人。

桃太郎

从前，在一个偏僻的小村子里住着一对老夫妇。有一天，老婆婆捡到了一个大桃子，桃子中间坐着一个男婴。老公公为他取了个名字，叫“桃太郎”。

有一天，老公公告诉桃太郎：“对岸魔鬼岛上有一个喜欢欺负百姓的妖怪。”桃太郎气愤地说：“我决定将这妖怪除掉！”桃太郎告别老夫妇上路了。他一个人静静地走着，途中遇到了一只小狗、一只小猴子和雉鸡，它们对桃太郎说：“好心的桃太郎啊！能不能将老婆婆做的糯米丸子给我吃呢？我会感激你的。”桃太郎便毫不犹豫地将那糯米丸子拿出，它们很感激桃太郎，愿意成为桃太郎的仆人，一起上路。

桃太郎带着小狗、猴子、雉鸡走了许久以后，他们终于来到了魔鬼岛妖怪所住的城堡。桃太郎和同伴们勇敢地大声喊叫，往妖怪住的地方冲了过去。妖怪头目便拿起一根棒子，气急败坏地追了过来。

桃太郎一点儿也不害怕。他掏出了一个糯米丸子，从容地吞了下去，英勇地迎战妖怪头目。他说：“我已经吞下了天下第一的糯米丸子，身上已经增进了百倍的力气！来啊！”

小白狗“汪、汪”地叫着，它狠狠地咬住了妖怪的脚。小猴子也伸出爪子，把妖怪的脸抓得伤痕累累。这时，雉鸡也用它锐利的嘴将妖怪的眼睛啄伤。妖怪们很快就被桃太郎他们给制服了。妖怪们发誓

bú zài zuò huài shì táo tài láng zhè cái yuánliàng le tā men xiàn tài yé zhī dào táo tài lángzhēng fú yāo
不再做坏事，桃太郎这才原谅了他们。县太爷知道桃太郎征服妖
guài de shì qing yǐ hòu pài rén sòng le xǔ duō yín zi shǎng cì gěi táo tài láng hǎo xīn de táo tài láng
怪的事情以后，派人送了许多银子赏赐给桃太郎。好心的桃太郎
ná zhe xiàn tài yé de shǎng cì qù jiù jì nà xiē pín kǔ de cūn mín xiàn tài yé kàn dào le zhè qíng
拿着县太爷的赏赐，去救济那些贫苦的村民。县太爷看到了这情
xing duì táo tài láng de xíng wéi fēi cháng jiā xǔ
形，对桃太郎的行为非常嘉许。

xiàn tài yé gǎn dòng de bǎ táo tài láng qǐng dào guān fǔ qù shuō táo tài láng nǐ zhēn shì ge
县太爷感动地把桃太郎请到官府去，说：“桃太郎，你真是个
shàn liáng de hái zi wǒ
善良的孩子。我
jué dìng jiāng nǚ ér xǔ pèi gěi
决定将女儿许配给
nǐ táo tài láng shuō wǒ
你。”桃太郎说：“我
xī wàng zhēng dé bà mā de
希望征得爸妈的
tóng yì yú shì táo tài
同意。”于是桃太
láng biàn huí dào jiā zhēng qiú
郎便回到家，征求
lǎo gōng gong hé lǎo pó po
老公公和老婆婆
de yì jiàn lǎo fū qī xīn
的意见，老夫妻欣
rán dā ying le cóng cǐ yǐ
然答应了。从此以
hòu táo tài láng hé xiàn tài
后，桃太郎和县太
yé de nǚ ér guò zhe xìng fú
爷的女儿过着幸福
kuài lè de rì zi
快乐的日子。

矮人小王子

矮人国王老了，已经没有精力去巡视自己的领土和臣民了。于是，他就把这个重要的任务交给了年轻的矮人小王子。

有一天，矮人小王子巡视到一个叫布卢马的村庄。遇到一个美丽的女孩叫艾娃，小王子一见到她，立刻就爱上她了。可是，艾娃却看不上小王子，再说，她已经有了一个心爱的人。

小王子不气馁，他不断地给艾娃送各种礼物。但是，送去的戒指和王冠都太小了，只能给矮姑娘戴，艾娃根本戴不上。

小王子几次

三番地去向艾娃求婚，艾娃拿不定主意，就去请教村里的巫婆。

当小王子再去求婚的时候，巫婆说：“我把一袋谷子倒在小溪中，如果你能把所有的谷子都捡回来，你就能娶走美丽的艾娃。”

小王子带着随从，在小溪中捡回了谷子，亲自送到了艾娃家。

巫婆接过口袋看了一下，说：“少了三粒谷子，它们被三条小鱼给吃了。小鱼被一条大鱼吃了，如果你想找回谷子，就要到大海里去把那条大鱼找到。”小王子听了后，失望地回去了。

第二天，小王子又来到艾娃家门口。巫婆拿了一个羽

róngzhěn tou shuō rú guǒ nǐ néng bǎ wǒ sǎ xiàngkōngzhōng de yǔ máo dōu jiǎn huí lái nǐ jiù kě yǐ hé ài wá jié hūn
绒枕头，说：“如果你能把我洒向空中的羽毛都捡回来，你就可以和艾娃结婚。”

wáng zǐ jiù dài zhe suí cóng dào chù xún zhǎo yǔ máo zhí dào dà dì shang kàn bú jiàn yì gēn yǔ máo wáng zǐ bǎ zhuāng yǔ máo de kǒu dai sòng dào le ài wá jiā
王子就带着随从到处寻找羽毛，直到大地上看不见一根羽毛。王子把装羽毛的口袋送到了艾娃家。

wū pó kàn le yí xià kǒu dài shuō shǎo le sān gēn yǔ máo tā men bèi sān zhǐ bù tóng cháo xué de wū yā diāo qù gěi xiǎo wū yā zuò wō le xiǎo wáng zǐ nán guò jí le shāng xīn de huí jiā qù zài jiā li bào zhe zhěn tou kū le hǎo jǐ tiān
巫婆看了一下口袋，说：“少了三跟羽毛，她们被三只不同巢穴的乌鸦叼去，给小乌鸦做窝了。”小王子难过极了，伤心地回家去，在家里抱着枕头哭了好几天。

kě tā bù gān xīn tā yòu lái dào ài wá jiā zhè cì wū pó shuō wáng zǐ rú guǒ nǐ jīng shòu zhù le dì sān cì kǎo yàn nǐ de hǎo yùn jiù lái le nǐ bǎ zhòng zài dì xià de wān dòu dōu wā chū lái nǐ jiù kě yǐ dài zǒu nǐ xīn ài de gū niang xiǎo wáng zǐ lì kè tí zhe lán zi dào dì li bǎ wān dòu wā le chū lái
可他不甘心，他又来到艾娃家。这次巫婆说：“王子，如果你经受住了第三次考验，你的好运就来了。你把种在地下的豌豆都挖出来，你就可以带走你心爱的姑娘。”小王子立刻提着篮子，到地里把豌豆挖了出来。

当他提着篮子回到艾娃家时，巫婆数了数，叹口气，说：“有三颗豌豆被地下的三只老鼠偷吃了。”说完，把艾娃家的门紧紧地关闭了。

矮人小王子伤心地站在门口，久久不肯离去。

过了一段时间，姑娘的心上人在打猎的时候，被狼咬死了。善良的艾娃非常痛苦，她什么东西也吃不下，没几天就离开了人世。

村里的乡亲为她举行了隆重的葬礼，矮人小王子带着他的随从们参加了葬礼，王子眼里含满了泪水。王子把自己的王冠放在了艾娃的坟头，然后带着随从永远地离开了这个伤心的地方。

贪心的儿子

从前，爪哇岛有一位名叫曼德拉的僧侣，他每天都虔诚地向湿婆神祈祷。湿婆神赐给了他一个美丽的妻子和许多金钱，但他还是觉得不幸福，因为他一直没有子女。于是，他又去向湿婆神祷告。他虔诚的祈祷终于感动了湿婆神，赐给了他一个儿子，取名叫马尼克。

马尼克长得又漂亮又聪明，非常可爱。但长大以后，他却迷上了赌博。马尼克很快就把父亲所有的钱都输光了，还借了很多债，被债主们逼得走投无路。

曼德拉非常爱自己的儿子，只好去向诸神祷告，请求诸神帮助自己的儿子。

诸神告诉他，在东方的阿贡山上，居住着很多神，还藏有各种各样的金银珠宝，由一位名叫勃梭基的神龙守护着。

于是，曼德拉爬过高山，穿过森林，经过长途跋涉，终于到达了阿贡山。

他摇着僧侣的铃铛，不停地念着祷文。勃梭基龙听到了他的铃声和祷告，问他有什么事需要帮助。曼德拉把整个事情告诉了神龙，请求它帮助自己的儿子。

勃梭基龙为他感到难过，它摇摇身体，抖落了很多金子和珠宝，送给了他。曼德拉千恩万谢地告别了神龙，回到家里，帮儿子还清了所有的债务。

dàn mǎ ní kè bìng bù xī qǔ jiào xùn hěn kuài yòu bǎ qián shū guāng le yòu kāi shǐ dà liàng de
但马尼克并不吸取教训，很快又把钱输光了，又开始大量地
jiè qián wèi le bú ràng ér zi bèi rén dǎ sǐ màn dé lā zhǐ hǎo zài cì yáo zhe líng dang qù qǐng
借钱。为了不让儿子被人打死，曼德拉只好再次摇着铃铛，去请
qiú shén lóng de bāng zhù
求神龙的帮助。

shén lóng dā ying gěi tā jīn zi hé zhū bǎo bìng quàn gào tā shuō nǐ yīng gāi duì ér zi yán
神龙答应给他金子和珠宝，并劝告他，说：“你应该对儿子严
jiā guǎn jiào yǐ hòu nǐ yě bú yào zài lái le màn dé lā ná qǐ shén lóng dǒu luò de jīn zi hé
加管教。以后，你也不要再来了。”曼德拉拿起神龙抖落的金子和
zhū bǎo huí dào jiā li
珠宝，回到家里。

mǎ ní kè xiàng fù qīn dǎ tīng
马尼克向父亲打听
jīn zi hé zhū bǎo shì cóng nǎ li lái
金子和珠宝是从哪里来
de màn dé lā bú yuàn
的，曼德拉不愿
yì gào su tā yú shì
意告诉他。于是，
mǎ ní kè tōu zǒu le fù
马尼克偷走了父
qīn de líng dang yán zhe fù
亲的铃铛，沿着父
qīn zǒu guò de lù zhǎo
亲走过的路，找
dào le ā gòngshān
到了阿贡山。

tā shǐ jìn de yáo
他使劲地摇
zhe líng dang bó suō jī lóng
着铃铛，勃梭基龙
lì kè jiù cóng shān lǐ chū
立刻就从山里出

lái le nù qì chōngchōng de kàn zhe tā
来了，怒气冲冲地看着他。

mǎ ní kè bó dé le shénlóng de tóng qíng dàn shénlóng méi yǒu gěi tā jīn zi hé zhū bǎo què gěi le tā yì fān zhōng gào ràng tā yǐ hòu yào zuò gè hǎo rén mǎ ní kè dā ying zhe què chéng jī bá chū dāo zhǎnduàn le shénlóng de wěi ba
马尼克博得了神龙的同情，但神龙没有给他金子和珠宝，却给了他一番忠告，让他以后要做个好人。马尼克答应着，却乘机拔出刀，斩断了神龙的尾巴。

shénlóng yí nù zhī xià shā sǐ le mǎ ní kè màn dé lā tīng shuō ér zi sǐ le fēi cháng bēi tòng zài zhū shén de bāng zhù xia shénlóng de wěi ba yòu zhǎng hǎo le mǎ ní kè yě huó le guò lái dàn què bèi zhū shén hé shénlóng liú zài le ā gòngshānshang
神龙一怒之下，杀死了马尼克。曼德拉听说儿子死了，非常悲痛。在诸神的帮助下，神龙的尾巴又长好了，马尼克也活了过来，但却被诸神和神龙留在了阿贡山上。

màn dé lā gào bié ér zi huí jiā jīng guò yí kuài hěn xiá zhǎi de lù dì shí tā yòng shǒu zhàng zài dì shang huà le yì tiáo xiàn niàn le jǐ jù mó zhòu hǎi shuǐ lì kè yán zhe zhè tiáo xiàn yǒng le shàng lái bǎ lù dì hé zhǎo wā dǎo fēn kāi le
曼德拉告别儿子回家。经过一块很狭窄的陆地时，他用手杖在地上画了一条线，念了几句魔咒，海水立刻沿着这条线涌了上来，把陆地和爪哇岛分开了。

zhè jiù shì xiàn zài de bā lí dǎo
这就是现在的巴厘岛。

小袋鼠卡罗

dài shǔ kǎ luó chū shēng zài měi lì de ào dà lì yà gāng chū shēng shí xiǎo kǎ luó hái méi
袋鼠卡罗出生在美丽的澳大利亚。刚出生时，小卡罗还没
yǒu sōng shǔ dà ne mā ma zǒng shì yòng róu ruǎn de zuǐ ba bǎ xiǎo kǎ luó xián qǐ lái fàng zài tā dù
有松鼠大呢。妈妈总是用柔软的嘴巴把小卡罗衔起来，放在它肚
zi qián mian de kǒu dai lǐ miàn
子前面的口袋里面。

xiǎo kǎ luó tǎng zài mā ma nà yòu wēn nuǎn yòu shū shì de kǒu dai li jiù xiàng xiǎo hái shuì zài
小卡罗躺在妈妈那又温暖又舒适的口袋里，就像小孩睡在
chuáng shang yí yàng hěn kuài jiù shuì zháo le
床上一样，很快就睡着了。

bù jiǔ xiǎo kǎ luó jiàn jiàn zhǎng dà yì xiē le tā kāi shǐ xué xí tiào
不久，小卡罗渐渐长大一些了，它开始学习跳
yuè wèi le xiǎo kǎ luó de ān quán
跃。为了小卡罗的安全，
mā ma ràng tā zūn shǒu jǐ tiáo guī jǔ
妈妈让它遵守几条规矩。

tā shuō ér zi nǐ qiān
它说：“儿子，你千
wàn bù néng zǒu dào wǒ kàn bú
万不能走到我看不
jiàn de dì fang bù guǎn shén
见的地方。不管什
me shí hou zhǐ yào tīng jiàn
么时候，只要听见
qí guài de shēng yīn nǐ jiù
奇怪的声音，你就
yào mǎ shàng tiào dào wǒ de kǒu
要马上跳到我的口
dai li lái yóu qí shì yào
袋里来，尤其是要
dī fáng yě gǒu zhè shì měi zhī
提防野狗，这是每只

袋鼠都应该注意的。”

小卡罗很懂事，它每天都小心地跟着妈妈。

但是有一天，小卡罗练习跳跃，忘记了妈妈。当野狗来的时候，它已经找不到妈妈和其它袋鼠了。小卡罗只有自己哭喊着，拼命地逃离了野狗。

天黑了，小卡罗孤零零地在一棵树旁睡着了。醒来后，它开始去找妈妈。它来到森林中，发现它母亲的朋友可勒正趴在一棵桉树上，这只身材粗短的澳大利亚熊背上还背着一只小熊。

卡罗问可勒看见自己的妈妈没有，可勒说没有。卡罗又往

qián zǒu yù dào shí yǐ shòu yā mā ma kě shì tā men dōu méi yǒu kàn jiàn dài shǔ qún
前走，遇到食蚁兽、鸭妈妈，可是它们都没有看见袋鼠群。

zuì hòu xiào cuì niǎo gào su tā mā ma hé dài shǔ men wǎng shā mò dōng biān pǎo qù le
最后，笑翠鸟告诉它，妈妈和袋鼠们往沙漠东边跑去了。

xiǎo kǎ luó jiù wǎng dōng biān qù zhǎo mā ma le xiǎo kǎ luó yì zhí bù tíng de cháo dōng bēn pǎo
小卡罗就往东边去找妈妈了。小卡罗一直不停地朝东奔跑

zhe yí lù shang zhǐ yǒu zì jǐ de hēi yǐng gēn zhe tā jiù zhè yàng tā pǎo a pǎo zhōng yú pǎo
着，一路上只有自己的黑影跟着它。就这样，它跑啊跑，终于跑

de jīn pí lì jìn le tā zài lěng lěng de shā mò li shuì zháo le
得筋疲力尽了，它在冷冷的沙漠里睡着了。

dì èr tiān zǎo chen dāng tā xǐng lái de shí hou tā jīng yà de fā xiàn mā ma hé dài shǔ qún
第二天早晨，当它醒来的时候，它惊讶地发现妈妈和袋鼠群

zhèng cháo zì jǐ pǎo lái
正朝自己跑来。

mā ma pǎo guò lái yì bǎ bǎ xiǎo kǎ luó bào le qǐ lái fàng jìn le
妈妈跑过来，一把把小卡罗抱了起来，放进了

tā nà yòu róu ruǎn yòu nuǎn hé de kǒu dai li dàn shì
它那又柔软又暖和的口袋里。但是，

xiàn zài zhè gè kǒu dài duì kǎ luó lái shuō
现在这个口袋对卡罗来说，

yǐ jīng tài xiǎo le kǎ luó
已经太小了，卡罗

zhè cái zhī dào zì jǐ zhǎng
这才知道自己长

dà le
大了。

xiǎo kǎ luó lèi huài
小卡罗累坏

le tā yào tǎng zài mā ma
了，它要躺在妈妈

nà shū fú de kǒu dai li
那舒服的口袋里

xìng fú de shuì shàng yí jiào
幸福地睡上一觉。

心灵的魔法

hěn jiǔ yǐ qián mì lǔ guó wáng wèi le gèng hǎo de chuán dì mìng lìng zhuānmén jiàn lì le yí ge
很久以前，秘鲁国王为了更好地传递命令，专门建立了一个
xìn shǐ duì guó wáng yǒu zhòng yào de wén jiàn dōu huì ràng hú lā qí qù sòng hú lā qí fēi chángyǒng
信使队。国王有重要的文件都会让胡拉奇去送，胡拉奇非常勇
gǎn hé shànliáng kāi shǐ tā zǒngnéngzhǔn shí bǎ xìn sòng dào kě hòu lái tā zài lù shang kàn dào nǎ
敢和善良。开始，他总能准时把信送到，可后来他在路上看到哪
gè qióng rén zài shòu kǔ tā jiù huì fàng xià gōng zuò qù zhào kàn yīn cǐ yǒu jǐ cì guó wáng yǒu zhòng
个穷人在受苦，他就会放下工作去照看。因此，有几次国王有重
yào mìng lìng ràng tā chuánsòng dàn tā yóu yú shànliáng de tiān xìng dān wù le shí jiān
要命令让他传送，但他由于善良的天性耽误了时间。

guó wáng hěn shēng qì jǐng gào tā shuō rú guǒ zài zhè yàng jiāng huì shòu dào yán lì de chéng fá
国王很生气，警告他说，如果再这样，将会受到严厉的惩罚。
hú lā qí dī tóu tīng zhe bú guò tā bìng méi yǒu gǎi biàn zì jǐ de tiān xìng
胡拉奇低头听着，不过他并没有改变自己的天性。

yǒu yí cì sòng xìn de lù
有一次送信的路
shang kàn dào yí ge lǎo pó po
上，看到一个老婆婆
huá dǎo le tā jí máng pǎo guò qù
滑倒了，他急忙跑过去
fú qǐ shòushāng de lǎo pó po
扶起受伤的老婆婆。

hú lā qí zhào gù dào lǎo
胡拉奇照顾到老
pó po hǎo le zài qù sòng xìn
婆婆好了，再去送信，
dāng rán zhè fēng xìn chí le hěn jiǔ
当然这封信迟了很久。
guó wáng yí nù zhī xià bǎ hú lā
国王一怒之下，把胡拉
qí gǎn chū le jīng chéng hú lā
奇赶出了京城。胡拉

qí lí kāi jīng chéng zài sēn lín zhōng de yì jiān cǎo fáng qián yù dào le tā jiù de nà gè lǎo pó po
奇离开京城，在森林中的一间草房前，遇到了他救的那个老婆婆。
tā bǎ yí qiè dōu gào su le lǎo rén lǎo rén tīng le hòu sòng gěi tā yì shuāng tuō xié hú lā qí
他把一切都告诉了老人，老人听了后送给他一双拖鞋。胡拉奇
jīng yà de wàng zhe lǎo rén lǎo rén xiào zhe shuō wǒ huì mó fǎ de wǒ yì zhí zài zhǎo yí gè wú
惊讶地望着老人。老人笑着说：“我会魔法的，我一直在找一个无
sī ér xíng shàn de rén zhè shuāng xié shì néng fēi de nǐ chuān shàng tā xiǎng dào nǎ li jiù kě yǐ
私而行善的人。这双鞋是能飞的。你穿上它，想到哪里就可以
dào nǎ li yì diǎn yě bú huì wù shì
到哪里，一点也不会误事。”

hú lā qí chuān shàng xié dào wū wài tā gāng yì xiǎng fēi lì kè jiù fēi dào kōng zhōng tā gāo
胡拉奇穿上鞋到屋外，他刚一想飞，立刻就飞到空中，他高
xìng de xiè guò lǎo rén jiù huí qù le
兴地谢过老人，就回去了。

hú lā qí huí dào guó wáng shēn biān qǐng qiú guó wáng ràng zì jǐ jì xù gōng zuò guó wáng tóng yì
胡拉奇回到国王身边，请求国王让自己继续工作，国王同意

le hú lā qí zài mó xié de bāng zhù xia fēi kuài de bǎ xìn sòng zhè
了。胡拉奇在魔鞋的帮助下，飞快地把信送这
er sòng nà er guó wáng hěn mǎn yì
儿送那儿，国王很满意。

yǒu yí cì tā yòu tíng xià bāng
有一次，他又停下帮
zhù le yí ge qióng rén bǎ xìn dān wù
助了一个穷人，把信耽误
le guó wáng chì zé le tā tā jué
了，国王斥责了他。他决
dìng yǐ hòu yì xīn gōng zuò děng kòng xià
定以后一心工作，等空下
lái de shí hou zài qù zhù rén kě yǒu
来的时候再去助人。可有
yí cì tā jīng guò yí piàn sēn lín shí
一次，他经过一片森林时，
mó xié bù fēi le tā hěn qí guài zhè
魔鞋不飞了，他很奇怪。这

shí lǎo pó po lái le hú lā qí bǎ yí qiè dōu gào su le tā lǎo pó po chuānshàng xié yí
时，老婆婆来了。胡拉奇把一切都告诉了她。老婆婆穿上鞋一
xià jiù fēi qǐ lái le hú lā qí què bù xíng liǎng rén dōu jué de hěn qí guài
下就飞起来了。胡拉奇却不行，两人都觉得很奇怪。

zhè shí hú lā qí kàn dào yí liàng chē xià tǎng zhe yì zhī shòushāng de gē zi tā gǎn jǐn pǎo
这时，胡拉奇看到一辆车下躺着一只受伤的鸽子。他赶紧跑
guò qù bǎ gē zi jiù le chū lái dāng tā zài chuānshàng xié shí lì kè jiù fēi le qǐ lái hú
过去，把鸽子救了出来。当他再穿上鞋时，立刻就飞了起来。胡
lā qí huí dào dì miàn duì lǎo pó po shuō wǒ míng bai le qián mian yǒu yì zhī shòushāng de gē zi
拉奇回到地面，对老婆婆说："我明白了，前面有一只受伤的鸽子，
wǒ méi lǐ tā wǒ de xīn zǔ zhǐ le wǒ mó xié zài wǒ de xīn líng miàn qian yě shì wú néng wéi lì
我没理它，我的心阻止了我。魔鞋在我的心灵面前也是无能为力
de wǒ de xīn líng tīng jiàn le gē zi de hū huàn yīn cǐ wǒ jiù le gē zi mó xié jiù huī fù
的。我的心灵听见了鸽子的呼唤，因此我救了鸽子，魔鞋就恢复
le mó lì jīn tiān wǒ cái dǒng dé wǒ yīng gāi gàn shén me wèi le wǒ yào gàn de shì zhè mó xié
了魔力。今天我才懂得我应该干什么，为了我要干的事，这魔鞋
duì wǒ shì méi yǒu rèn hé bì yào
对我是没有任何必要
de lǎo pó po tīng wán xiào zhe
的。"老婆婆听完笑着
shuō nǐ shì duì de miàn duì xīn
说："你是对的，面对心
líng de mó fǎ rèn hé mó fǎ dōu
灵的魔法，任何魔法都
shì méi yǒu yòng de nǐ huì zài
是没有用的。你会在
wèi qióng rén fú wù de guò chéngzhōng
为穷人服务的过程中
dé dào xìng fú de
得到幸福的。"

cóng cǐ hú lā qí cí le gōng
从此，胡拉奇辞了工
zuò quán xīn quán yì wèi qióng rén fú wù
作，全心全意为穷人服务。

林中睡美人

cóng qián yǒu yí ge guó wáng hé wáng hòu tā men méi yǒu hái zi guó wáng xiǎng le hěn duō bàn
从前有一个国王和王后，他们没有孩子。国王想了很多办
fǎ hòu lái wáng hòu zhēn de shēng le yí ge nǚ hái guó wáng hěn gāo xìng bǎ guó nèi de qī wèi xiān
法，后来王后真的生了一个女孩。国王很高兴，把国内的七位仙
nǚ dōu qǐng lái zuò xiǎo gōng zhǔ de jiào mǔ qī wèi xiān nǚ àn zhào dāng shí de xí sú měi rén yào sòng
女都请来做小公主的教母。七位仙女按照当时的习俗，每人要送
gōng zhǔ yí fèn lǐ wù zhè yàng nà gōng zhǔ jiù kě yǐ yōng yǒu shì jiān yí qiè de měi shàn le
公主一份礼物，这样，那公主就可以拥有世间一切的美善了。

yàn huì shang guó wáng gěi měi wèi xiān nǚ zhǔn bèi le yí tào jīn zi hé bǎo shí zuò de cān jù
宴会上，国王给每位仙女准备了一套金子和宝石做的餐具。
kě zhèng dāng dà jiā zuò xia shí lái le yí gè lǎo xiān nǚ zhè wèi xiān nǚ méi yǒu bèi yāo qǐng yīn
可正当大家坐下时，来了一个老仙女，这位仙女没有被邀请，因
wèi dà jiā chà bù duō yǒu shí nián
为大家差不多有十年
méi yǒu kàn jiàn guò tā le dōu yǐ
没有看见过她了，都以
wèi tā sǐ le
为她死了。

guó wáng méi yǒu bàn fǎ gěi
国王没有办法给
tā zhǔn bèi hé bié de xiān nǚ yí
她准备和别的仙女一
yàng de cān jù le yīn wèi zhǐ dìng
样的餐具了，因为只定
zuò le qī tào
做了七套。

lǎo xiān nǚ rèn wéi tā men
老仙女认为他们
kàn bù qǐ tā hěn bù gāo xìng
看不起她，很不高兴。
fàn hòu xiān nǚ men kāi shǐ gěi gōng
饭后，仙女们开始给公

zhǔ cì fú liù gè xiān nǚ gěi le gōng zhǔ yí qiè měi hǎo de lǐ wù ràng tā chéng wéi yí ge cōngmíng
主赐福，六个仙女给了公主一切美好的礼物，让她成为一个聪明、
yōu yǎ měi lì de nǚ hái dào lǎo xiān nǚ cì fú de shí hou lǎo xiān nǚ yuàn hèn de shuō gōng zhǔ
优雅、美丽的女孩。到老仙女赐福的时候，老仙女怨恨地说公主
jiāng bèi fǎng chuí cì pò shǒu rán hòu sǐ diào
将被纺锤刺破手，然后死掉。

zhè shí dì qī ge xiān nǚ yě shì zuì nián qīng de xiān nǚ dà shēng de shuō dà jiā bú yào
这时，第七个仙女，也是最年轻的仙女大声地说："大家不要
hài pà wǒ hái méi yǒu cì fú ne wǒ cì fú gōng zhǔ bú huì sǐ de zhǐ shì zài bèi fǎng chuí cì
害怕，我还没有赐福呢。我赐福公主不会死的，只是在被纺锤刺
le hòu hūn shuì yì bǎi nián yì bǎi nián yǐ hòu huì yǒu yí wèi wáng zǐ shǐ tā
了后，昏睡一百年，一百年以后，会有一位王子使她
xǐng lái
醒来。"

guó wáng wèi le bì miǎn
国王为了避免
lǎo xiān nǚ shuō de huà chéng wéi
老仙女说的话成为
xiàn shí jiù jìn zhǐ guó nèi rèn
现实，就禁止国内任
hé rén yòng fǎng chuí fǎng xiàn
何人用纺锤纺线。

jiù zhè yàng gōng
就这样，公
zhǔ píng ān de zhǎng dào
主平安地长到
le shí wǔ liù suì
了十五、六岁。
yǒu yì tiān gōng zhǔ lái
有一天，公主来
dào yí ge gǔ lǎo de chéng
到一个古老的城
bǎo li kàn jiàn yí ge
堡里，看见一个

153

lǎo pó po zhèng zài yòng fǎng chuí fǎng xiàn yuán lái lǎo pó po hěn jiǔ dōu méi yǒu chū guò chéng bǎo le
老婆婆正在用纺锤纺线。原来，老婆婆很久都没有出过城堡了，
gēn běn bù zhī dào guó wáng jìn zhǐ yòng fǎng chuí de mìng lìng gōng zhǔ hào qí de ná qǐ le fǎng chuí bèi
根本不知道国王禁止用纺锤的命令。公主好奇地拿起了纺锤，被
fǎng chuí cì pò le shǒu lì kè jiù hūn guò qù le
纺锤刺破了手，立刻就昏过去了。

lǎo pó po xià huài le gǎn jǐn jiào lái le rén rén men bǎ gōng zhǔ sòng huí le wáng gōng
老婆婆吓坏了，赶紧叫来了人。人们把公主送回了王宫。

guó wáng kàn zhe hūn shuì de nǚ ér jì qǐ le xiān nǚ men de huà jiù jiào rén bǎ gōng zhǔ fàng
国王看着昏睡的女儿，记起了仙女们的话，就叫人把公主放
dào nà gè chéng bǎo zhōng zuì hǎo de fáng jiān li shuì zài yì zhāng hěn shū fu de chuáng shang guó wáng fēn
到那个城堡中最好的房间里，睡在一张很舒服的床上。国王吩
fù ràng tā ān shuì zhe rèn hé rén bù dé dǎ rǎo tā zhí dào tā xǐng lái
咐让她安睡着，任何人不得打扰她，直到她醒来。

yì bǎi nián guò qù le gōng zhǔ réng rán chén shuì zhe tā réng shì nà me měi lì dòng rén
一百年过去了，公主仍然沉睡着。她仍是那么美丽动人。

yì tiān lín guó de yí wèi yīng jùn wáng zǐ lái dào chéng bǎo fù jìn dǎ liè tā kàn jiàn chéng
一天，邻国的一位英俊王子来到城堡附近打猎，他看见城
bǎo jiù wèn yí ge lǎo nóng fū shì shén me dì fang lǎo nóng fū huí dá shuō hěn duō nián yǐ qián
堡，就问一个老农夫是什么地方。老农夫回答说：“很多年以前，
wǒ tīng wǒ yé ye shuō nà lǐ mian yǒu yí wèi měi lì de gōng zhǔ tā yào shuì yì bǎi nián rán hòu yǒu
我听我爷爷说，那里面有一位美丽的公主，她要睡一百年，然后有
yí wèi wáng zǐ lái shǐ tā xǐng lái tā shì zài děng nà wèi wáng zǐ ne
一位王子来使她醒来，她是在等那位王子呢。”

wáng zǐ tīng wán hòu jué dìng qīn zì qù kàn kan
王子听完后，决定亲自去看看。

dāng tā zǒu jìn chéng bǎo kàn
当他走进城堡，看
jiàn měi lì de gōng zhǔ tǎng zài nà li
见美丽的公主躺在那里，
tā yí xià zi jiù ài shàng le zhè gè
他一下子就爱上了这个
měi lì de gōng zhǔ dāng tā zǒu dào
美丽的公主，当他走到
gōng zhǔ de chuáng biān shí
公主的床边时，
gōng zhǔ xǐng lái le
公主醒来了。

hòu lái tā men jié
后来他们结
hūn le guò zhe xìng fú
婚了，过着幸福
de shēng huó
的生活。

单身汉的睡帽

这是一个很久以前的故事。那时，有钱的商人常到哥本哈根做生意，他们的伙计只不过是帮他们卖啤酒和各种香料。这些伙计没有在丹麦讨太太，就这样慢慢老去。这些老头儿站在柜台边上，他们总是戴着有很高的顶和很宽的边的帽子；有的人有时还喜欢在帽子上插一根羽毛，腰带上插着一把吃饭用的刀叉和汤匙；为了自卫起见，还会插着一把较大的刀子。最老的店员安东，他就是这样的装束。

这条街的老伙计们不常碰到一起，他们白天总会很早就关门，晚上常无事可做。老安东上床睡觉的时候，总是喜欢戴着他的睡帽。他总爱在睡觉前脱下外套时，一次又一次检查好门窗、

火炉后再上床。他总是全身连同牙齿都冷得发抖，他只能把被子拉得更紧一些，把睡帽拉得更低一点，直到完全盖住了眉毛。可是他并不能很快入睡，回忆如同一幅幅图画，涌到了他的眼前，如同他即将涌出的泪水。

老安东在泪珠中看到了自己——一个富商的小儿子和一个美丽的市长女儿。他们都还那么幼小，玩着一个苹果，他们把它切成两半，一人一半分着吃了，只剩下了一粒苹果籽儿。“如果把它埋进土里，过不了多久，就会长出让人意想不到的东西。”女孩建意将苹果籽种起来。他们把它埋在花盆里，女孩说：“不许明天就把它挖出来，看它有没有长根！”小安东使劲地点点头，

bǎ huā pén xiǎo xīn de bān huí jiā zhào gù le yí ge dōng tiān chūn tiān lái le píng guǒ zǐ fā yá le
把花盆小心地搬回家，照顾了一个冬天。春天来了，苹果籽发芽了。

liǎng gè hái zi zhòng de píng guǒ shù yì nián yì nián de zhǎng dà le tā zhǎng de nà me gāo huā
两个孩子种的苹果树一年一年地长大了，它长得那么高，花
pén zài yě zhuāng bú xià tā le yú shì hái zi men bǎ píng guǒ shù yí dào le huā yuán li
盆再也装不下它了。于是，孩子们把苹果树移到了花园里。

nǚ hái hé shù yí yàng yě zài kuài lè de chéngzhǎng yě xiàng píng guǒ huā yí yàng jiāo yàn kě
女孩和树一样，也在快乐地成长，也像苹果花一样娇艳。可
shì bìng bú shì shì shì dōu rú rén yì méi duō jiǔ nǚ hái suí fù qīn qù le hěn yuǎn hěn yuǎn de
是，并不是事事都如人意。没多久，女孩随父亲去了很远很远的
dì fang fēn bié shí tā men dōu kū le
地方。分别时，他们都哭了。

zài fēn bié de jǐ nián zhōng xiǎo ān dōng shōu dào guò nǚ hái xiě
在分别的几年中，小安东收到过女孩写
de liǎng fēng xìn kě shì ān dōng qù kàn wàng nǚ hái shí yí qiè dōu
的两封信。可是，安东去看望女孩时，一切都
biàn le nǚ hái gào sù ān dōng tā bú zài ài tā le ān dōng
变了。女孩告诉安东，她不再爱他了。安东
fēi cháng shāng xīn tā huí dào
非常伤心，他回到
jiā xiǎng kǎn diào píng guǒ shù
家，想砍掉苹果树，
dàn shù méi dǎo ān dōng què dǎo
但树没倒，安东却倒
xià le ān dōng de fù qīn
下了。安东的父亲
pò chǎn le zhè shǐ tā bù dé
破产了，这使他不得
bú wàng jì shī liàn dài gěi tā
不忘记失恋带给他
de dǎ jī tā sì chù xún
的打击。他四处寻
zhǎo gōng zuò gàn guò xǔ duō shì
找工作，干过许多事

qíng duō nián yǐ hòu ān dōng de fù qīn
情。多年以后，安东的父亲
qù shì le tā de nà wèi fù yǒu de zhǔ
去世了，他的那位富有的主
rén yīn shēng yì guān xì yòu dài tā huí dào
人因生意关系又带他回到
le gù xiāng
了故乡。

fáng zi hái shì lǎo yàng zi zhǐ shì
房子还是老样子，只是
huā yuán yǒu le xiǎo jìng píng guǒ shù zài yuán
花园有了小径，苹果树在园
wài le tā jié le nà me duō de guǒ
外了，它结了那么多的果
zi lián zhī yā dōu chuí dào dì shang le
子，连枝丫都垂到地上了。

dōng tiān lái le ān dōng yǒu liǎng
冬天来了，安东有两
tiān méi xià chuáng le tā wàng jì le tā
天没下床了。他忘记了他
shuì de dì fang yǒu yì zhī xiǎo zhī zhū zhèng zài máng lù de zhī zhe wǎng suī rán tā kàn bú jiàn tā lǎo
睡的地方有一只小蜘蛛正在忙碌地织着网，虽然他看不见它。老
ān dōng jiù zhè yàng sǐ qù le tā kàn jiàn le tā hé nǚ hái zhòng xià de píng guǒ shù tā shì nà me
安东就这样死去了，他看见了他和女孩种下的苹果树，它是那么
měi zài tā rù liàn shí rén men méi yǒu bǎ nà dǐng shuì mào yì qǐ fàng jìn qù nà xiē lǎo ān dōng
美！在他入殓时，人们没有把那顶睡帽一起放进去。那些老安东
céng liú guò de yǎn lèi dōu hái zhuāng zài shuì mào li zhēnzhèng de yǎn lèi shì liú bú diào de wú lùn
曾流过的眼泪都还装在睡帽里。真正的眼泪是流不掉的，无论
shén me rén zhǐ yào dài shàng zhè dǐng shuì mào biàn huì zuò xǔ duō mèng hé kàn dào xǔ duō de yǐng zi
什么人，只要戴上这顶睡帽，便会做许多梦和看到许多的影子，
jiù xiàng dì yí ge dài guò zhè mào zi de shì zhǎng yí yàng xī wàng shuí dōu bú yào zài dé dào nà dǐng
就像第一个戴过这帽子的市长一样。希望谁都不要再得到那顶
lǎo dān shēn hàn de shuì mào le
“老单身汉的睡帽”了。

金黄的宝贝

从前，有一个鼓手的妻子在教堂里看到了安琪儿。他是那么的美，他的头发像金子和太阳一样发出光来。她多么希望自己的儿子也像这些安琪儿一样漂亮。当她抱起自己的孩子，并把他递给他爸爸时，他的样子真像教堂中的安琪儿。母亲说：“啊，金黄的宝贝，我的太阳。”

金黄的宝贝长大了，他的父母让他跟一个乐师学习拉琴，但他的愿望却是做一个士兵。他觉得背杆枪

qí bù zǒu yī èr yī èr shì shì jiè shang zuì měi de shì
齐步走，“一、二！一、二！”是世界上最美的事。

hòu lái zhànzhēng bào fā le tā cān jiā le guó wáng de jūn duì dāng le shì bīng zǒu shàng le
后来，战争爆发了，他参加了国王的军队，当了士兵，走上了
zhànchǎng shí xiàn le tā de yuànwàng
战场，实现了他的愿望。

zhè yì tiān zhàn dòu dǎ xiǎng le kōng qì zhōng mí màn zhe huǒ yào wèi qiāng dàn hé pào dàn zài
这一天，战斗打响了，空气中弥漫着火药味，枪弹和炮弹在
tiān kōngzhōngchuān suō wú shù bǎo wèi
天空中穿梭，无数保卫
zǔ guó rè ài hé píng de rén er
祖国、热爱和平的人儿
quán dōu dǎo zài le
全都倒在了
xuè pō zhōng zhè
血泊中。这
shí yǒu rén dà hǎn
时，有人大喊
zhe chōng a
着：“冲啊！
chōng a zhè
冲啊！”这
shì yí ge shèng lì
是一个胜利
de hào zhào jīn
的号召，金
huáng de bǎo bèi hé
黄的宝贝和
shì bīng men yì qǐ
士兵们一起
chōng le chū qù
冲了出去。

zhànzhēng jié
战争结

shù hòu dà jiā dài zhe shèng lì de lǜ sè huā huán huí jiā le jīn huáng de bǎo bèi yě huí dào le
束后，大家带着胜利的绿色花环回家了。金黄的宝贝也回到了
jiā zhōng tā tóng mā ma jǐn jǐn de bào zài yì qǐ mā ma de lèi jiù xiàng yǔ diǎn yí yàng luò zài dì
家中，他同妈妈紧紧地抱在一起。妈妈的泪就像雨点一样落在地
shang yì jiā rén yòu tuán jù zài yì qǐ le
上，一家人又团聚在一起了。

tā yòu qù gēn
他又去跟
xiān qián de nà wèi yuè
先前的那位乐
shī xué xí tā zhǐ
师学习，他只
yòng le bàn nián shí
用了半年时
jiān biàn bǎ yuè shī
间，便把乐师
yòng yì shēng de guāng
用一生的光
yīn suǒ xué xí de dōng
阴所学习的东
xi xué dào le hòu
西学到了。后
lái tā chéng le huáng
来，他成了皇
jiā de yuè shī zhuān
家的乐师，专
wèi guó wáng yǎn zòu
为国王演奏。
tā měi ge yuè dōu yào
他每个月都要
jì qián gěi tā de mǔ
寄钱给他的母
qīn yīn wèi tā xiàn
亲，因为她现

在已经是个寡妇了。

当儿子回到鼓手简陋的房间里时，他漂亮得像个王子，快乐得像个国王。他抱着他的母亲，吻着她的额头。他非常激动，高兴地哭了。他对着房中的每一件家具点点头，又拿起爸爸的鼓，敲了一阵，鼓儿发出雷吼般的声音。

鼓儿感到非常荣幸，连它上面的羊皮也破开了。鼓儿想：他的母亲也许会像我一样高兴得笑破肚皮吧！

鹳鸟

zài yí ge xiǎo chéng shì de zuì shēn chù yǒu yí zuò xiǎo fáng zi fáng zi shang yǒu yí ge guàn niǎo
在一个小城市的最深处，有一座小房子，房子上有一个鹳鸟

kē guàn niǎo mā ma hé tā de sì ge xiǎo bǎo bao zuò zài lǐ miàn tā men shēn chū xiǎo xiǎo de tóu hé
窠。鹳鸟妈妈和它的四个小宝宝坐在里面，它们伸出小小的头和

xiǎo xiǎo de hēi zuǐ zhāng wàng zhe zhè ge měi lì de shì jiè
小小的黑嘴，张望着这个美丽的世界。

zài xià biān de jiē shang yǒu yì qún xiǎo hái zi zài wán shuǎ tā men chàng zhe guān yú guàn niǎo
在下边的街上，有一群小孩子在玩耍。他们唱着关于鹳鸟

de gǔ lǎo gē yáo lǎo dà bèi diào sǐ lǎo èr bèi dǎ sǐ lǎo sān bèi shāo sǐ lǎo sì bèi shuāi sǐ
的古老歌谣：“老大被吊死，老二被打死，老三被烧死，老四被摔死

xiǎo guàn niǎo men tīng le fēi
……”小鹳鸟们听了，非

cháng hài pà
常害怕。

zài zhè qún hái zi zhōng yǒu yí ge jiào bǐ dé de xiǎo nán hái shuō jī xiào dòng wù shì yì zhǒng zuì guò yīn cǐ tā bú yuàn yì hé tā men yì qǐ wán shuǎ
在这群孩子中，有一个叫彼得的小男孩说，讥笑动物是一种罪过。因此，他不愿意和他们一起玩耍。

zài wū jí shang de bù yuǎn chù guàn niǎo bà ba wēi wǔ de zhàn zài cháo biān tā bǎ yì zhī jiǎo suō le qǐ lái tā zhàn de shì nà me zhí rén men hěn róng yì yǐ wéi tā shì mù diāo de tā xiǎng wǒ qī zi de cháo biān yǒu yí ge zhàn gǎng de tā huì hěn yǒu miàn zi shuí yě bù zhī dào wǒ shì tā de zhàng fu rén men yí dìng yǐ wéi wǒ shì fèng mìng zhàn zài zhè er de zhè kě zhēn gòu piào liang tā jiù zhè me yòng yì zhī tuǐ jì xù zhàn xià qù
在屋脊上的不远处，鹳鸟爸爸威武地站在巢边，它把一只脚缩了起来。它站得是那么直，人们很容易以为它是木雕的。它想：“我妻子的巢边有一个站岗的，它会很有面子，谁也不知道我是它的丈夫，人们一定以为我是奉命站在这儿的，这可真够漂亮！”它就这么用一只腿继续站下去。

dì èr tiān hái zi men yòu chū lái wán shuǎ le tā men yòu kāi shǐ chàng lǎo dà bèi diào sǐ
第二天，孩子们又出来玩耍了，他们又开始唱：“老大被吊死，
lǎo èr bèi dǎ sǐ lǎo sān bèi shāo sǐ xiǎo guàn niǎo shí fēn shēng qì hù xiāng sī yǔ dào
老二被打死，老三被烧死……”。小鹳鸟十分生气，互相私语道：
wǒ men yào bào chóu tā men yì biān liàn xí zhe fēi xíng yì biān shāng liáng zhe tā men de bào chóu
“我们要报仇！”它们一边练习着飞行，一边商量着它们的报仇
jì huà
计划。

xiǎo hái zi hái zài chàng zhe zhè
小孩子还在唱着这
xiē gē yáo xiǎo guàn niǎo men gèng jiā
些歌谣，小鹳鸟们更加
shēng qì le
生气了，
tā men yuè zhǎng
它们越长
dà jiù yuè bù
大，就越不
néng rěn shòu zhè
能忍受这
zhǒng gē guàn
种歌。鹳
niǎo mā ma bù
鸟妈妈不
dé bù dā ying
得不答应
tā men zài lí
它们，在离
kāi zhè ge guó
开这个国
jiā de zuì hòu
家的最后
yì tiān jìn xíng
一天，进行

bào chóu xíng dòng
报仇行动。

xiǎo guàn niǎo men bǎ yí qiè qì lì dōu ná chū lái le tā men měi tiān rèn zhēn liàn xí fēi xiáng
小鹳鸟们把一切气力都拿出来了。它们每天认真练习飞翔。
tā men fēi de shì nà me zhěng qí hé qīng sōng piào liang jí shǐ zhǐ kàn tā men yì yǎn nà yě shì
它们飞得是那么整齐和轻松、漂亮，即使只看它们一眼，那也是
yí jiàn hěn kuài lè de shì
一件很快乐的事。

qiū tiān dào le guàn niǎo men yào lí kāi zhè li qù wēn nuǎn de guó dù le xiǎo guàn niǎo men
秋天到了，鹳鸟们要离开这里，去温暖的国度了。小鹳鸟们
yě yào kāi shǐ tā men de bào chóu xíng dòng le guàn niǎo mā ma zhī dào yí ge shuì zhe xǔ duō yīng hái
也要开始它们的报仇行动了。鹳鸟妈妈知道一个睡着许多婴孩
de chí zi tā men jiāng sòng gěi nà xiē méi yǒu chàng guò tǎo yàn de gē huò jī xiào guò guàn niǎo de hái zi
的池子，它们将送给那些没有唱过讨厌的歌或讥笑过鹳鸟的孩子
měi rén yí ge dì
每人一个弟
di huò mèi mei ér
弟或妹妹，而
nà xiē chàng guò gē
那些唱过歌
de hái zi yí ge
的孩子一个
yě bù gěi
也不给。

牧羊女和扫烟囱的人

nǐ céng jīng kàn dào guò yí ge lǎo mù wǎn guì ma tā yǐ jīng lǎo de fā hēi le tā shàngmian
你曾经看到过一个老木碗柜吗？它已经老得发黑了，它上面
kè zhe màn téng huā wén hé yè zi lì zài kè tīng li wǎn guì de zhōngyāng kè zhe yí ge rén de
刻着蔓藤花纹和叶子，立在客厅里。碗柜的中央刻着一个人的
quánshēnxiàng tā de yàng zi hěn hǎo xiào fáng jiān li de hái zi dōu jiào tā gōngshānyáng tuǐ
全身像，他的样子很好笑。房间里的孩子都叫他“公山羊腿——
zhōng jiàng hé shào jiàng zuò
中将和少将——作
zhàn sī lìng zhōng shì
战司令——中士。”
tā lǎo shì qiáo zhe jìng zi xià mian
他老是瞧着镜子下面
de nà zhāngzhuō zi yīn wèi zhuō
的那张桌子，因为桌
shang yǒu ge kě ài de cí zuò
上有个可爱的瓷做
de xiǎo mù yáng nǚ
的小牧羊女。
tā chuān zhe dù le
她穿着镀了
jīn de xié cháng yī
金的鞋，长衣
fu shì méi guī sè
服是玫瑰色
de hěn piào liang
的，很漂亮，
hái yǒu yí kuài huā tóu jīn hé yì
还有一块花头巾和一
gēn mù zhàng tā de shēnpáng lì
根木杖。她的身旁立
zhe yí ge sǎo yān cōng de rén tā xiàng tàn
着一个扫烟囱的人，他像炭

yí yàng hēi yě shì cí zuò de
一样黑，也是瓷做的。
tā ná zhe tī zi guài xiāo sǎ
他拿着梯子，怪潇洒
de tā men liǎng rén hěn pèi
的，他们两人很配，
yǐ jīng dìng hūn le
已经订婚了。

jǐn tiē jìn tā men de
紧贴近他们的
shì lìng yí ge rén wù yí ge
是另一个人物，一个
nián lǎo de zhōng guó rén tā
年老的中国人。他
huì diǎn tóu yě shì cí zuò de
会点头，也是瓷做的，
shì xiǎo mù yáng nǚ de zǔ fù
是小牧羊女的祖父，
bú guò què méi shén me zhèng
不过却没什么证
míng tā duì nà wèi xiàng xiǎo
明。他对那位向小
mù yáng nǚ qiú hūn de gōngshān
牧羊女求婚的“公山
yáng tuǐ zhōngjiàng hé shào
羊腿——中将和少
jiàng zuò zhàn sī lìng zhōng shì diǎn guò tóu xiǎo mù yáng nǚ bú yuàn yì dào nà hēi àn de
将——作战司令——中士”点过头，小牧羊女不愿意到那黑暗的
wǎn guì li qù tā tīng shuō zài nà er tā cáng zhe shí yī ge cí yí tài tai tā bù xiǎng zài chéng
碗柜里去？她听说，在那儿他藏着十一个瓷姨太太，她不想再成
wéi dì shí èr ge yí tài tai xiǎo mù yáng nǚ wàng zhe tā zuì xīn ài de cí zhì de sǎo yān cōng de
为第十二个姨太太。小牧羊女望着她最心爱的瓷制的扫烟囱的
rén kū le qǐ lái tā kěn qiú sǎo yān cōng de rén bǎ tā dài zǒu sǎo yān cōng de rén tóng yì le
人，哭了起来。她恳求扫烟囱的人把她带走，扫烟囱的人同意了。

qiú hūn de rén fā xiàn le dà nù tā liǎ jí máng tiào dào chuāng tái xià de chōu tì li
求婚的人发现了，大怒，他俩急忙跳到窗台下的抽屉里。

zhè li yǒu sān sì fù bù wánzhěng de pū kè pái hái yǒu yí zuò xiǎo xiǎo de mù ǒu jù chǎng
这里有三四副不完整的扑克牌，还有一座小小的木偶剧场。

jù chǎng zhèng zài yǎn xì yǎn de shì liǎng ge nián qīng rén shè fǎ jié chéng fū fù mù yáng nǚ kū le
剧场正在演戏，演的是两个年轻人设法结成夫妇。牧羊女哭了

qǐ lái yīn wèi zhè hé tā zì jǐ de shēn shì yǒu xiē xiāng sì tā kàn bú xià qù jiù hé sǎo yān
起来，因为这和她自己的身世有些相似。她看不下去，就和扫烟

cōng de rén chū lái le tā men kàn jiàn lǎo zhōng guó rén guò lái le jiù jué dìng pǎo dào wài mian de
囱的人出来了。他们看见老中国人过来了，就决定跑到外面的

shì jiè qù mù yáng nǚ hěn yuàn yì
世界去。牧羊女很愿意

hé sǎo yān cōng de rén yí kuài er chū
和扫烟囱的人一块儿出

qù tā men tōng guò yān cōng
去，他们通过烟囱

pá dào fáng dǐng shang lái dào
爬到房顶上，来到

le wài mian de shì jiè
了外面的世界。

zhè ge kě lián de mù yáng
这个可怜的牧羊

nǚ cóng lái méi yǒu xiǎng guò
女从来没有想过

wài mian de shì jiè huì shì
外面的世界会是

zhè yàng de tā bǎ tā de
这样的，她把她的

xiǎo nǎo dai kào zài sǎo yān
小脑袋靠在扫烟

cōng de rén de jiān shang kě
囱的人的肩上，可

lián de kū le tā de
怜地哭了。她的

shēn tǐ yǒu xiē chī bù xiāo tā
身体有些吃不消，她
yòu qiú sǎo yān cōng de rén dài tā
又求扫烟囱的人带她
huí qù
回去。
sǎo yān cōng de rén yòng lǐ
扫烟囱的人用理
zhì de huà lái quàn tā rú guǒ huí
智的话来劝她，如果回
qù le jiù zài méi yǒu jī huì chū
去了，就再没有机会出
lái le mù yáng nǚ yě méi bàn
来了。牧羊女也没办
fǎ le tā men kàn jiàn lǎo zhōng
法了。他们看见老中
guó rén diē zài dì shang shuāichéng
国人跌在地上，摔成
le sān kuài nà gè qiú hūn de rén
了三块，那个求婚的人
réng zài yuán chù dāi zhe mù yáng
仍在原处呆着。牧羊
nǚ hěn shāng xīn tā rèn wéi shì
女很伤心，她认为是
zì jǐ hài sǐ le lǎo zǔ fù
自己害死了老祖父。
sǎo yān cōng de rén shuō tā wán quán kě yǐ bǔ hǎo tā men jiù zài zhōng guó rén de lǐng zi shang dìng
扫烟囱的人说：“他完全可以补好。”他们就在中国人的领子上钉
le yì kē dīng zi bèi zhān zài yì qǐ tā yòu biàn hǎo le zhǐ shì bù néng diǎn tóu zhè duì cí
了一颗钉子。被粘在一起，他又变好了，只是不能点头。这对瓷
rén chéng wéi le juàn shǔ tā men zhù fú lǎo zǔ fù de nà kē dīng zi cóng cǐ tā men xiāng qīn xiāng
人成为了眷属，他们祝福老祖父的那颗钉子。从此，他们相亲相
ài zhí dào tā men pò suì wéi zhǐ
爱，直到他们破碎为止。

安琪儿

“只要有一个好孩子死去，就会有一个上帝的安琪儿飞到世界上来。他会把死去的孩子抱在怀里，展开他白色的翅膀，在孩子生前喜爱的地方飞翔。他还要采摘许多花，把它们带到天上去。仁慈的上帝会把它们紧紧地搂在怀里，像亲吻孩子一样亲吻那棵他认为最可爱的花。于是，这棵花就有了声音，它能在天堂里同大家一起合唱幸福的颂歌。”这就是上帝的安琪儿抱着一个死去的孩子飞上天时，对他讲的话。孩子听到这些话的时候，就像在做梦一样。

他们飞过了孩子在家里玩过的许多地方，飞过了开满美丽鲜花的花园。他们看见一棵细长的、美丽的玫瑰，它被人摘下来，抛在了地上。孩子请求把这朵花也带走，于是，

ān qí er bǎ zhè duǒ huā dài
安琪儿把这朵花带
zǒu le tā hái yīn cǐ wěn le
走了，他还因此吻了
hái zi yí xià hái zi bàn
孩子一下。孩子半
zhēng zhe yǎn jing tā men hái
睁着眼睛。他们还
dài zǒu le jǐ duǒ měi lì de
带走了几朵美丽的
huā hé jǐ duǒ bù qǐ yǎn de
花和几朵不起眼的
yě huā
野花。

zhè shì yí ge wǎn shang
这是一个晚上，
dào chù dōu fēi cháng jì jìng
到处都非常寂静。
tā men fēi dào yì tiáo xiá zhǎi
他们飞到一条狭窄
de jiē shang kàn jiàn jiē shang duī zhe xǔ duō lā jī pò
的街上，看见街上堆着许多垃圾。破
suì de wǎn pán qiáng shang tuō luò de ní kuài làn bù hé mào zi zhè yí qiè hé zhè zuò měi lì
碎的碗盘，墙上脱落的泥块、烂布和帽子——这一切和这座美丽
de dà chéng shì tài bù xié tiáo ān qí er zài zhè duī làn dōng xi zhōng jiān fā xiàn le yì pén bèi rén
的大城市太不协调。安琪儿在这堆烂东西中间发现了一盆被人
men rēng diào de huā huā pén yǐ suì chéng jǐ kuài ní tǔ yě yǐ gān hé yì kē kū wěi le de yě
们扔掉的花。花盆已碎成几块，泥土也已干涸，一棵枯萎了的野
huā yòng tā de gēn bǎ zì jǐ hé ní tǔ wéi xì zài yì qǐ zhè kē huā yǐ jīng méi yǒu yòng le
花用它的根把自己和泥土维系在一起。这棵花已经没有用了。

wǒ men yào bǎ zhè kē huā dài zǒu ān qí er dài zhe xiǎo hái fēi xíng de shí hou jiǎng le
“我们要把这棵花带走！”安琪儿带着小孩飞行的时候，讲了
zhè yàng yí ge gù shi zài xià mian de zhè tiáo xiàng zi li zhù zhe yí ge shēng bìng de qióng hái zi
这样一个故事：“在下面的这条巷子里，住着一个生病的穷孩子。

从很小的时候起，他就只能躺在床上。他的腿残疾了，只能拄着拐杖走路。在他身体最好时，他可以拄着拐杖在房间里来回走上好几次。那时，他最大的心愿就是盼着能够到外面去走走。春天里的一天，有个邻家的孩子给他带来了几棵野花。在这些野花中间，有一棵还很偶然的带着根。他把这棵带着根的野花种在花盆里，然后放在窗台上。阳光每天照着野花，它很快地生长起来，冒出嫩芽，开出了芬芳的花。病孩子每天都要给它浇水、捉虫，天天开着窗户，尽量使它得到充足的阳光。这棵野花成了病孩子一生中最美丽的花园。当上帝召他去的时候，他在死神面前最后要看一眼的就是这棵花。”

“你是怎么知道这件事的呢？”孩子问

ān qí er wǒ
安琪儿。“我
dāng rán zhī dào
当然知道。”
ān qí er shuō
安琪儿说，
yīn wèi wǒ jiù shì
“因为我就是
nà ge zhǔ zhe guǎi
那个拄着拐
zhàng zǒu lù de bìng
杖走路的病
hái zi ya wǒ
孩子呀！我
dāng rán rèn shí wǒ de huā
当然认识我的花！”
hái zi zhēng zhe yì shuāng jīng
孩子睁着一双惊
qí de dà yǎn jing níng wàng zhe ān
奇的大眼睛，凝望着安
qí er měi lì xìng fú de liǎn
琪儿美丽、幸福的脸。

zhè shí hou tā men lái dào le tiān shang lái dào le hé píng xìng fú de tiān táng shàng dì bǎ
这时候，他们来到了天上，来到了和平幸福的天堂。上帝把
hái zi jǐn jǐn de lǒu zài xiōng qián shàng dì wěn le yí xià nà kē kě lián de wěi xiè le de yě huā
孩子紧紧地搂在胸前，上帝吻了一下那棵可怜的、萎谢了的野花。
nà kē yě huā qí jì bān de yǒu le shēng yīn xiàn zài tā néng gēn bié de ān qí er yì qǐ gē
那棵野花奇迹般地有了声音。现在，它能跟别的安琪儿一起歌
chàng néng zài tā men zhōu wéi fēi xiáng le tā men yǒu de fēi de hěn jìn yǒu de rào zhe dà quān
唱，能在他们周围飞翔了——他们有的飞得很近，有的绕着大圈
zi fēi de hěn yuǎn yǒu de fēi dào wú yín de yuǎn fāng yǒu de fēi xiàng le tài yáng tā men dōu shì xìng
子飞得很远，有的飞到无垠的远方，有的飞向了太阳，他们都是幸
fú de ān qí er
福的安琪儿。

美丽的雪人

tiān qì lěng de kě ài jí le yí ge xuě rén zhàn zài xuě dì zhōng zì yán zì yǔ de shuō
“天气冷得可爱极了！”一个雪人站在雪地中自言自语地说。
tā de yǎn jing shì yóu liǎng kuài tuǒ yuán xíng de wǎ piàn zuò de tā de zuǐ shì yòng yí kuài jiù pá zuò
它的眼睛是由两块椭圆形的瓦片做的，它的嘴是用一块旧耙做
de tā kàn qǐ lái hěn kě ài tā shì zài yì qún hái zi de huān xiào shēng zhōng dàn shēng de tài
的。它看起来很可爱，它是在一群孩子的欢笑声中诞生的。太
yáng xià shān le yì lún míng yuè shēng shàng lái le tā zài wèi lán de tiān kōng zhōng xiǎn de yòu dà yòu
阳下山了，一轮明月升上来了，它在蔚蓝的天空中显得又大又
yuán yòu míng liàng yòu měi lì
圆，又明亮又美丽。

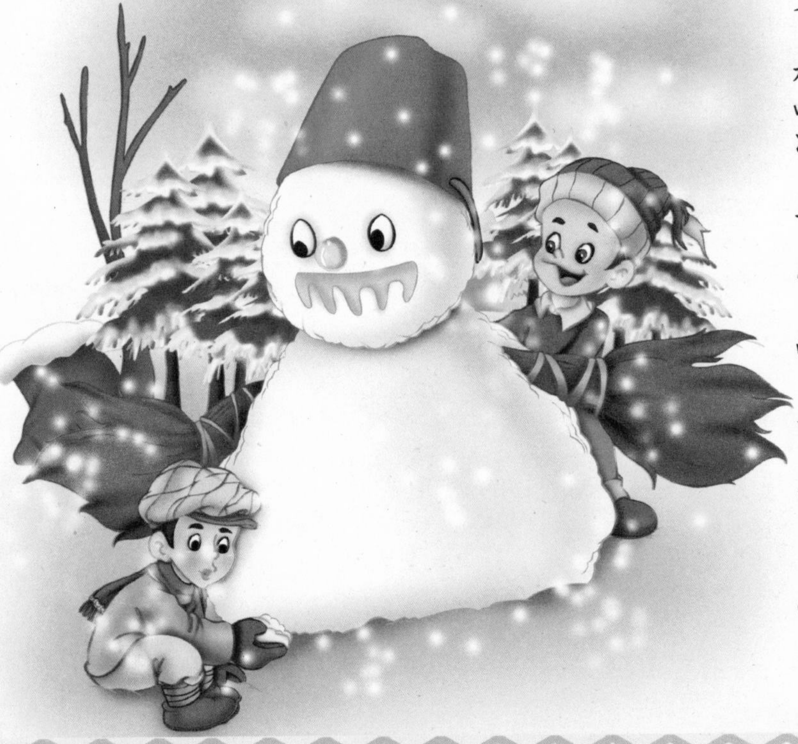

xuě rén yǐ wéi zhè shì
雪人以为这是
tài yáng cóng lìng yí miàn pá
太阳从另一面爬
qǐ lái le tā shuō à
起来了。它说：“啊，
wēn róu de tài yáng zǒng suàn bú
温柔的太阳总算不
zài xiàng wǒ dèng yǎn jing le
再向我瞪眼睛了，
tā kàn qǐ lái zhēn měi ya
它看起来真美呀！
ā wǒ yào shì néng xiàng hái
啊，我要是能像孩
zi men yí yàng pǎo qǐ lái
子们一样跑起来，
gāi yǒu duō hǎo a zhè
该有多好啊！”这
shí yì zhī lǎo gǒu yòng yǒu
时，一只老狗用有
diǎn shā yǎ de shēng yīn shuō
点沙哑的声音说：

wán le wán le xuě rén shuō péng you nǐ zài shuōshén me wǒ bù dǒng nǐ de yì si
“完了，完了！”雪人说：“朋友，你在说什么？我不懂你的意思。”
lǎo gǒu shuō nǐ xiàn zài kàn dào de nà dōng xi shì yuè liang ér gāng cái luò xià de nà dōng xi shì tài
老狗说：“你现在看到的那东西是月亮，而刚才落下的那东西是太
yáng tài yángmíng tiān huì jiāo nǐ zěn yàng pǎo dào qiángbiān de nà tiáo gōu li qù tiān qì bù jiǔ jiù yào
阳。太阳明天会教你怎样跑到墙边的那条沟里去，天气不久就要
biàn le xuě rén shuō wǒ bù dǒng gǒu er jiào zhe shì a nǐ shén me dōu bù dǒng yīn wèi
变了。”雪人说：“我不懂。”狗儿叫着：“是啊，你什么都不懂，因为
nǐ shì yí ge gānggāng cái lái dào zhè gè shì jiè shang de xīn rén wù bú guò děngmíng tiān tài yáng
你是一个刚刚才来到这个世界上的新人物。不过，等明天太阳
shēng qǐ lái shí nǐ huì dǒng de
升起来时，你会懂的！”

tiān liàng de shí hou
天亮的时候，
tiān qì zhēn de biàn le yì
天气真的变了，一
céng nóng wù lǒng zhào le zhěng
层浓雾笼罩了整
gè dà dì guò le xǔ jiǔ
个大地。过了许久，
tài yángzhōng yú chū lái le
太阳终于出来了，
wù kāi shǐ tuì qù yuǎn chù
雾开始退去。远处
de shù mù hé guàn mù cóng gài
的树木和灌木丛盖
shàng le yì céng bái shuāng kàn
上了一层白霜，看
qǐ lái xiàng yí zuò wánzhěng de
起来像一座完整的
bái shān hú lín zhēn shì
白珊瑚林。“真是
měi lì jí le yí wèi nián
美丽极了！”一位年

qīng de gū niang hé nán zǐ zǒu le guò lái zhèng hǎo zhàn zài le xuě rén shēn biān liǎng rén chēng zàn zhe
轻的姑娘和男子走了过来，正好站在了雪人身边。两人称赞着
zhè měi lì de jǐng sè yě zàn měi piào liang de xuě rén
这美丽的景色，也赞美漂亮的雪人。

xuě rén wèn shǒu yuàn zi de gǒu péng you nǐ zhī dào tā men shì shuí ma gǒu er jiāo ào
雪人问守院子的狗："朋友，你知道他们是谁吗？"狗儿骄傲
de jiǎng le qǐ lái tā men shì yí duì liàn rén tā men jiāng yào bān jìn yì jiān gòng tóng de gǒu wū li
地讲了起来："他们是一对恋人，他们将要搬进一间共同的狗屋里
qù zhù kěn gòng tóng de yì gēn gǔ tou wán le wán le hòu lái gǒu er yòu jiǎng le zì jǐ
去住，啃共同的一根骨头。完了，完了！"后来，狗儿又讲了自己
rú hé bèi zhǔ rén téng ài rú hé bèi gǎn dào guǎn jiā nà li rú hé yǔ yí ge dà huǒ lú shēng huó
如何被主人疼爱，如何被赶到管家那里，如何与一个大火炉生活
zài yì qǐ yòu rú hé bèi gǎn dào yuàn zi li lái de
在一起，又如何被赶到院子里来的。

zài gǒu er suǒ jiǎng de shì zhōng zuì lìng xuě rén
在狗儿所讲的事中，最令雪人
gǎn xìng qù de shì nà yòng sì tiáo tuǐ zhàn zhe
感兴趣的是那用四条腿站着，

gēn xuě rén chà bù duō dà xiǎo de huǒ lú xuě rén chéng tiān cháo nà jiān wū zi li wàng chéng tiān qiáo
跟雪人差不多大小的火炉。雪人成天朝那间屋子里望，成天瞧
zhe zì jǐ de liàn rén huǒ lú tā shì duō me xiǎng dào nà er qù yí tàng duō me xiǎng tóng zì
着自己的恋人——火炉。它是多么想到那儿去一趟，多么想同自
jǐ de liàn rén dāi zài yì qǐ zhè shì tā wéi yī zuì xiǎng shí xiàn de tiān zhēn de yuàn wàng dàn shì
己的恋人呆在一起。这是它唯一最想实现的、天真的愿望。但是
gǒu er què shuō rú guǒ nǐ zǒu jìn huǒ lú de huà nà me nǐ yě jiù wán le wán le
狗儿却说："如果你走近火炉的话，那么你也就完了，完了！"

tiān qì yì tiān tiān biàn nuǎn xuě rén kāi shǐ màn màn róng huà dàn tā què dé le huǒ lú xiāng sī
天气一天天变暖，雪人开始慢慢融化，但它却得了"火炉相思
bìng zěn me yě gāo xìng bù qǐ lái màn màn de tiān qì biàn de yuè lái yuè rè xuě rén róng huà le
病"，怎么也高兴不起来。慢慢地，天气变得越来越热，雪人融化了。

bù jiǔ dōng tiān guò qù le chūn tiān lái le qīn ài de tài yáng chū lái le rén men dōu huān
不久，冬天过去了，春天来了。亲爱的太阳出来了，人们都欢
xǐ de chén jìn zài wēn nuǎn de yáng guāng li shuí yě méi zài xiǎng qǐ nà gè xuě rén
喜地沉浸在温暖的阳光里，谁也没再想起那个雪人。

瓶颈

在一条狭窄、弯曲的街上，在许多穷苦人家的住房中间，有一座非常狭小，但却很高的木房子。房子里住的全是穷人，而最穷的是住在顶楼里的老小姐。在这房间的一个小窗子前面，挂着一个歪歪斜斜的鸟笼。它连一个适当的水壶也没有，只有一个倒转来的瓶颈，嘴上塞着一个塞子，盛满了水。一只小苍头燕雀从这根梁上跳到那根梁上，唱得非常起劲。

“是的，你倒可以唱歌！”瓶颈说，它只有在心里想着自己的故事，它想着工厂

里那个火焰高蹿的熔炉，它就是在那儿被制成瓶子的。当它从工厂出去的时候，它的肚子里装满了上等的美酒，摆在了柜台上。

一天早晨，瓶子被人买去了，毛皮商人的女儿亲手将它装进野餐篮子里面。在森林里，瓶子见证了年轻水手和毛皮商人女儿的订婚仪式。当年轻水手把酒喝干时，他把瓶子高高地举起，说："今天是我这一生中最愉快的一天，你恰巧在场，我不愿意让你再为别人服务！"于是，他把瓶子抛向空中。

瓶子落在了树林里一个小池旁，最后被两个农家孩子捡走了。

tā men de dà gē jiù shì nà ge nián qīng de shuǐ shǒu shuǐ shǒu yào qù zuò yí cì cháng tú lǚ xíng mǔ
他们的大哥就是那个年轻的水手。水手要去做一次长途旅行，母
qīn zài píng zi li zhuāng mǎn le yào jiǔ rán hòu fàng zài nián qīng shuǐ shǒu de xíng li lǐ tā bù zhī
亲在瓶子里装满了药酒，然后放在年轻水手的行李里。他不知
dào zhè ge píng zi jiù shì zài sēn lín li jiàn zhèng le tā men dìng hūn de nà ge píng zi
道，这个瓶子就是在森林里见证了他们订婚的那个瓶子。

màn cháng de suì yuè guò qù le zài hǎi shang chuán yù dào bào fēng yǔ jí jiāng chén mò le
漫长的岁月过去了。在海上，船遇到暴风雨，即将沉没了。
nà gè nián qīng de shuǐ shǒu zài yí yè zhǐ shang xiě xià tā wèi hūn qī de míng zi yě xiě xià zì jǐ de míng zì hé chuán de míng zi rán hòu bǎ zhǐ tiáo sāi jìn kōng píng zi li zài sāi hǎo sāi zi bǎ tā rēng jìn le bō tāo xiōng yǒng de dà hǎi
那个年轻的水手在一页纸上写下他未婚妻的名字，也写下自己的名字和船的名字，然后把纸条塞进空瓶子里，再塞好塞子，把它扔进了波涛汹涌的大海。

chuán chén le chuán yuán quán bù sàng shēng le píng zi xiàng niǎo er shì de fēi zhe
船沉了，船员全部丧生了。瓶子像鸟儿似的飞着，

zài hǎi shang piāo liú zhōng yú yǒu yì tiān píng zi bèi rén lāo qǐ lái le kě shì zhuāng zài píng li
在海上飘流。终于有一天，瓶子被人捞起来了，可是装在瓶里
de zì tiáo shang de zì méi yǒu rén kàn de dǒng tā zài dǐng lóu li dāi le èr shí nián hòu bèi rén dài
的字条上的字没有人看得懂。它在顶楼里待了二十年后，被人带
dào jiǔ diàn li tā yòu zhuāng mǎn le měi jiǔ bèi yí ge fēi xíng jiā mǎi zǒu le zhè rén yào zài xià
到酒店里，它又装满了美酒，被一个飞行家买走了。这人要在下
xīng qī tiān zuò zhe qì qiú fēi dào kōng zhōng qù
星期天坐着气球飞到空中去。

zhè tiān fēi xíng jiā zuò zhe qì qiú fēi shàng le tiān tā bǎ píng zi cóng kōng zhōng rēng le xià qù
这天，飞行家坐着气球飞上了天，他把瓶子从空中扔了下去。
píng zi diào zài dì shang shuāi
瓶子掉在地上摔
suì le zhǐ yǒu píng jǐng shì
碎了，只有瓶颈是
wán zhěng de zhù zài dì xià
完整的。住在地下
shì li de yí ge rén shuō
室里的一个人说：
bǎ tā yòng zuò niǎo er de
“把它用做鸟儿的
shuǐ zhōng dào shì fēi cháng hé
水盅倒是非常合
shì zuì hòu píng jǐng dào
适。”最后，瓶颈到
le lǎo xiǎo jiě nà er tā
了老小姐那儿。它
bù zhī dào lǎo xiǎo jiě jiù
不知道，老小姐就
shì nà gè máo pí shāng rén de
是那个毛皮商人的
nǚ ér
女儿。

天上掉下来的一片叶子

zài xī bó qīngshuǎng de kōng qì zhōng yǒu yí ge ān qí er ná zhe tiān táng huā yuán li de yì
在稀薄清爽的空气中，有一个安琪儿拿着天堂花园里的一
duǒ huā zài gāo gāo de fēi dāng tā wěn nà huā shí yǒu yí piàn huā bàn luò le xià lái huā bàn luò
朵花在高高地飞。当他吻那花时，有一片花瓣落了下来。花瓣落
zài le cháo shī de dì shang tā hěn kuài de shēng le gēn fā le yá zhè zhēn shì yì gēn hěn huá jī
在了潮湿的地上，它很快地生了根，发了芽。“这真是一根很滑稽
de shù zhī bié de zhí wù lěng xiào zhe shuō tā dí què yǔ zhòng bù tóng tā bù tíng de shēngzhǎng
的树枝。”别的植物冷笑着说。它的确与众不同，它不停地生长，
bǎ cháng zhī yā xiàng sì miànshēn kāi yí wèi zhí wù xué jiào shòu kàn le yì yǎn zhè zhí wù jiǎn yàn le
把长枝丫向四面伸开。一位植物学教授看了一眼这植物，检验了
yì fān bìng méi yǒu fā xiàn tā de zhí wù tǐ xì nèi
一番，并没有发现它的植物体系内

yǒu rèn hé tè shū de dōng xi
有任何特殊的东西。

zhènshang yǒu yí ge pín qióng de nǚ hái tā chú le yì běn hěn jiù de shèng jīng wài jiù zài
镇上有一个贫穷的女孩，她除了一本很旧的《圣经》外，就再
yě méi yǒu bié de dōng xi le yì tiān tā zǒu guò shù lín zhàn zài zhè kē xī qí de zhí wù miàn
也没有别的东西了。一天，她走过树林，站在这棵稀奇的植物面
qián tā de lǜ yè fā chū tián mì hé qīng xīn de xiāng qì tā de huā duǒ zài yángguāng xià shè chū wǔ
前，它的绿叶发出甜蜜和清新的香气，它的花朵在阳光下射出五

cǎi bān lán de guāng cǎi yú shì tā zhāi xià le yí piàn lǜ yè bǎ tā fàng zài shèng jīng li
彩斑斓的光彩。于是，她摘下了一片绿叶，把它放在《圣经》里。

jǐ ge xīng qī hòu nǚ hái qù shì le nà běn shèng jīng fàng zài tā de tóu dǐ xia tā
几个星期后，女孩去世了。那本《圣经》放在她的头底下，她
ān jìng de liǎn lòu chū le yì zhǒng zhuāng yán qián chéng de biǎo qíng shuō míng tā xiàn zài yǐ jīng zhàn zài
安静的脸露出了一种庄严、虔诚的表情，说明她现在已经站在
shàng dì de miàn qián le
上帝的面前了。

zhèng dāng jì hé niú bàng tán lùn zhe zhè qí yì de zhí wù shí yí ge zhū guān zǒu le guò lái
正当蓟和牛蒡谈论着这奇异的植物时，一个猪倌走了过来，
tā zhèng zài cǎi jí qián má hé téng màn bǎ tā men shāo chū yì diǎn huī zhè kē qí yì de zhí wù yě
他正在采集荨麻和藤蔓，把它们烧出一点灰。这棵奇异的植物也
bèi lián gēn bá qǐ zhū guān
被连根拔起，猪倌
shuō tā yě yīng gāi yǒu
说："它也应该有
yì diǎn yòng chù
一点用处。"

zhè ge guó jiā de
这个国家的
guó wáng yì zhí huàn yǒu yán
国王一直患有严
zhòng de yōu yù zhèng tā
重的忧郁症，他
fēi cháng máng lù hé qín
非常忙碌和勤
jiǎn dàn zhè duì tā de bìng
俭，但这对他的病
què méi yǒu shén me bāng zhù
却没有什么帮助。
rén men niàn xiē shēn ào de
人们念些深奥的
shū hé qīng sōng de dú wù
书和轻松的读物

gěi tā tīng dàn dōu méi yǒu shén me yòng chù
给他听，但都没有什么用处。

guó wáng pài rén qǐng jiào le shì jiè shang zuì cōngmíng de rén xún qiú zhì bìng liáng yào zhè rén gào
国王派人请教了世界上最聪明的人，寻求治病良药。这人告
su tā zài shù lín zhōng yǒu yì kē zhí wù kě yǐ zhì hǎo tā de bìng yú shì guó wáng biàn pài rén
诉他，在树林中有一棵植物可以治好他的病。于是，国王便派人
qù zhǎo kě shì zhū guānshuō tā zǎo jiù yǐ jīng shāochéng huī le dà jiā dōu qí shēng mà dào
去找，可是猪倌说：“它早就已经烧成灰了。”大家都齐声骂道：
ā yú chǔn a yú chǔn a nǐ kě zhēn shì duō me de wěi dà a zhū guān fēi cháng nán guò
“啊！愚蠢啊！愚蠢啊！你可真是多么的伟大啊！”猪倌非常难过。

hòu lái guó wáng
后来，国王
zài shēngzhǎng qí yì zhí wù
在生长奇异植物
de dì fang shù qǐ le yí
的地方，竖起了一
dào jīn lán gān yǒu shào bīng
道金栏杆，有哨兵
rì yè zài nà li zhàngǎng
日夜在那里站岗。
zài hòu lái zhí wù xué jiā
再后来，植物学家
xiě le yì piān guān yú nà
写了一篇关于那
zhū zhí wù de lùn wén fā
株植物的论文，发
biǎo hòu tā dé dào le yì
表后，他得到了一
méi xūn zhāng kě shì guó
枚勋章。可是，国
wáng réng rán yōu yù hé jǔ
王仍然忧郁和沮
sàng
丧。

一年的故事

zhè shì yí yuè de mò wěi kě pà de bào fēng yǔ zài wài mian hū xiào tiān hēi de shí hou
这是一月的末尾，可怕的暴风雨在外面呼啸。天黑的时候，
tiān qì biàn de qíng lǎng qǐ lái le dì èr tiān zǎo chen yì xiē xiǎo niǎo er zài sǎo guò de xuě dì li
天气变得晴朗起来了。第二天早晨，一些小鸟儿在扫过的雪地里
tiào lái tiào qù yì zhī dòng de fā dǒu de má què duì lìng yì zhī shuō rén men ná zhe guàn zi wǎng
跳来跳去。一只冻得发抖的麻雀对另一只说：“人们拿着罐子往
ménshang dǎ kuài lè de fā kuáng yīn wèi jiù nián guò qù le wǒ hěn gāo xìng wǒ xī wàngnuǎn hé
门上打，快乐得发狂。因为旧年过去了，我很高兴，我希望暖和
de tiān qì kuài diǎn dào lái dàn shì zhè ge xī
的天气快点到来。但是，这个希
wàng luò kōng le tiān
望落空了——天
qì bǐ yǐ qián lěng de
气比以前冷得
gèng lì hài rén men
更厉害！人们
bǎ shí jiān jì suàn cuò
把时间计算错
le
了。”
yí ge xīng qī
一个星期
guò qù le liǎng ge
过去了，两个
xīng qī guò qù le
星期过去了，
cóng nán fāng fēi lái le
从南方飞来了
liǎng zhī lái de zuì zǎo
两只来得最早
de guàn niǎo tā men
的鹳鸟。它们

měi yì zhī de bèi shang zuò zhe yí ge měi lì de hái zi yí ge shì nán hái yí ge shì nǚ
每一只的背上坐着一个美丽的孩子——一个是男孩，一个是女
hái fán shì zhè liǎng ge hái zi suǒ dào guò de dì fang lǜ yá jiù zài guàn mù cóng huò shù mù li mào
孩。凡是这两个孩子所到过的地方，绿芽就在灌木丛或树木里冒
chū lái cǎo yě zhǎng de gèng gāo mài tián màn màn rǎn shàng le yì céng huó pō de lǜ sè xiǎo gū niang
出来，草也长得更高，麦田慢慢染上了一层活泼的绿色。小姑娘
zài sì chù sǎ zhe huā tā de wéi qún li dōu mǎn le huā er huā er jiù xiàng shì cóng nà lǐ miàn
在四处洒着花，她的围裙里兜满了花儿——花儿就像是从那里面
shēng chū lái de yí yàng yīn wèi bù guǎn tā zěn yàng rè xīn de xiàng sì chù sǎ zhe huā duǒ tā de
生出来的一样。因为，不管她怎样热心地向四处洒着花朵，她的
wéi qún li zǒng shì mǎn mǎn de niǎo er chàng zhe chūn tiān dào lái le
围裙里总是满满的。鸟儿唱着：“春天到来了！”

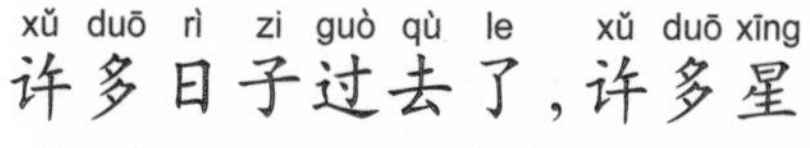

xǔ duō rì zi guò qù le xǔ duō xīng
许多日子过去了，许多星
qī guò qù le yán rè de
期过去了，炎热的

189

tiān qì jiē zhǒng ér lái le zhè er zuò zhe yí wèi měi lì de xià tiān shào fù tā jiù shì
天气接踵而来了。这儿坐着一位美丽的“夏天”少妇——她就是
wǒ men xiān qián suǒ kàn dào de nà ge xiǎo hái hé hòu lái de xīn jià niáng tā de yǎn jing dīng zhe yì
我们先前所看到的那个小孩和后来的新嫁娘。她的眼睛盯着一
duī zhèng zài mì jí de wū yún shang tā men xiàng chóng dié de shān fēng yòu qīng yòu chén zhòng yì céng bǐ
堆正在密集的乌云上，它们像重叠的山峰，又青又沉重，一层比
yì céng gāo hòu lái tiān kōng diàn shǎn léi míng dà yǔ qīng pén ér xià
一层高。后来，天空电闪雷鸣，大雨倾盆而下。

xǔ duō rì zi guò qù le xǔ duō xīng qī guò qù le shōu huò rén de míng huàng huàng de lián dāo zài mài tián li fā zhe guāng shù lín li de yè zi jiàn jiàn biàn de kū huáng le yí piàn yí piàn luò xià lái kuáng bào de qiū fēng zài nù háo shēn qiū yǐ jīng lái dào le
许多日子过去了，许多星期过去了，收获人的明晃晃的镰刀在麦田里发着光，树林里的叶子渐渐变得枯黄了，一片一片落下来，狂暴的秋风在怒号。深秋已经来到了。

dōng tiān dào le xuě huā màn tiān fēi wǔ tiān qì yì cháng hán lěng xǔ duō rì zi guò qù le
冬天到了，雪花漫天飞舞，天气异常寒冷。许多日子过去了，
xǔ duō xīng qī guò qù le niǎo ér zài nán nán de chàng chūn tiān dào lái le dì yī zhī guàn niǎo
许多星期过去了，鸟儿在喃喃地唱：“春天到来了！”第一只鹳鸟
gāo gāo de cóng kōng zhōng fēi lái le jiē zhe dì èr zhī guàn niǎo yě fēi lái le měi zhī guàn niǎo de bèi
高高地从空中飞来了，接着第二只鹳鸟也飞来了，每只鹳鸟的背
shang zuò zhe yí ge měi lì de hái zi
上坐着一个美丽的孩子。

yì nián de gù shi yě
一年的故事也
jiù jié shù le
就结束了。

影响孩子一生的丛书系列
★
经典故事100篇（上）

编著：好孩子图书工作室

责任编辑：车　强　韩劲松　　设计制作：好孩子图书工作室

出版　889×1194毫米　开本：1/24　印张：8
吉林科学技术出版社
发行　2004年1月第1版　2004年8月第2次印刷
印刷：深圳嘉宾彩印有限公司
ISBN 7-5384-2905-0/G·576　定价：39.80元（上、下）

地址：长春市人民大街4646号　邮编：130021　电话：5635177
电子信箱：JLKJCBS@public.cc.jl.cn　传真：5635185
网址：www.jkcbs.com　实名：吉林科技出版社